小学館文庫

口中医桂助事件帖

# 手鞠花おゆう

和田はつ子



小学館

# 目次

第一話　手鞠花　5
第二話　朝顔奉公　63
第三話　菊姫様奇譚　125
第四話　はこべ髪結い　185
第五話　忍冬屋敷　241
あとがき　307

# 第一話　手鞠花

# 一

うららかな春の昼過ぎ、房楊枝《ふさようじ》の束を手にして、ぶらぶらとさくら坂を歩いてきたかざり職人の鋼次《こうじ》は、〈いしゃ・は・くち〉と書かれた看板の前に立っていた。〈いしゃ・は・くち〉は、歯や歯茎などの治療処《どころ》である。今日でいうところの歯医者で、当時は口中医といった。口中医の看板には、〝口中一切〟〝はいしゃ〟などというものが多かった。

代々世襲の兼康《かねやす》家、親康《ちかやす》家というような名門の口中医には公家や武家がかかり、町中で開業する〝はいしゃ〟には、主に豪商などの町人が多く出入りした。どちらも治療にはたいそうな金がかかった。

その点、新参者である〈いしゃ・は・くち〉は、払えるだけでかまわないから金の心配をしなくてもいい、歯・舌・咽《のど》の治療処であった。

同業者に〝道楽はいしゃ〟と陰口を叩かれるのは、口中医の藤屋《ふじや》桂助《けいすけ》が日本橋の呉服問屋藤屋の若旦那だからである。日本橋の藤屋といえば江戸八百八町に聞こえた大店《おおだな》で、桂助の父、藤屋長右衛門《ちょうえもん》はこの老舗《しにせ》の何代目かにあたる。

　藤屋には桂助以外男の子はおらず、妹のお房《ふさ》に迎えた婿は、藤屋に入って半年ほどで亡くなり、華やかな婚礼模様だっただけに、やはり継ぐべき若旦那がいたのに婿取りなどしたからだ、と世間では取り沙汰されていた。

「桂さん、いるかい」

　鋼次はぱらぱらと肩先に散っていた桜の花びらを払い落としながら、玄関の前で声をかけた。

　すぐに返事はなかった。

「いねえのかな」

　つぶやいた鋼次の顔がやや沈んだ。鋼次は近くの裏通りにあるさくら長屋に住んでいる。両親と兄弟と一緒にではあったが、かざり職人で腕のよかった父親の佐平《さへい》に、このところずっと仕事がなかった。佐平ほどの職人になると、たとえ苦しいからといって、かざり職以外の仕事をするのは誇りが許さなかった。

　兄の佐一《さいち》は家にこもって草紙ばかり読み耽《ふけ》っていたし、弟の末吉《すえきち》は母親に銭をせびって気楽に仲間と遊んでばかりいた。次男で働き者の鋼次がかざり職人の誇りを半ば捨てて、こつこつと房楊枝を作って一家を背負っているのだった。

　だから桂助がいなくて、頼まれてこしらえた房楊枝が納められず、代金がもらえないのは困るのだ。

――こんな思いは辛《つれ》えなあ、何も俺《おれ》は銭が目当てで、若旦那の桂さんとつるんでるんじゃねえんだが――

さらに鋼次は、

――それもこれも、おとっつあんに満足のいく仕事があって、ぐだぐだしている兄貴や、末吉にばかり甘いおっかさんを叱ってやる元気があればいいんだ――

そのうちに腹立たしい気持ちになってきて、帰ろうかときびすを返しかけたところで、

「鋼次さん、いらっしゃい」

格子戸が開いて志保《しほ》が顔を出した。志保は町医者道順《どうじゅん》の娘である。植物好きが高じて、〈いしゃ・は・くち〉の隣りにある、桂助の薬草園を兼ねた畑を手伝っていた。

「ごめんなさい、お待たせしちゃって。ちょっと手が放せなかったものだから」

志保の顔を見たとたん、鋼次は心の臓がどきりと鳴ったような気がした。今までどうともなかった胃の腑《ふ》のあたりも重苦しくなった。鋼次はずっとひそかに志保に思いを寄せているのであった。風が出てきていて、肩から払いのけたはずのさくらの花びらが、あたりにまだふわふわと漂っている。

桂助をまじえて三人でいる時はさほどでもないが、こうして何の前ぶれも心づもりもない二人きりの時は、正直、寿命が縮むのではないかと思うほど、緊張してしまうのだった。もちろん、気の利いた言葉など返せたものではなかった。

しかし、毛ほども鋼次の気持ちに気がついていない志保は、鋼次を中へ招き入れながら、

「どうしたの、鋼次さん、わたしが待たせたんで、まだ怒ってるのね」

などと見当外れのことをいった。そして、

「待っててね、今すぐ、お茶いれますから。いただいたさくら餅があるのよ。鋼次さん、好きでしょ」

厨《くりや》のある奥へと歩いて行きかけると、まだ胸の動悸がおさまらない鋼次は、

「茶なら俺がやるよ、勝手を知ってる桂さんの家なんだから」

と怒ったようにいい、さらに、

「志保さんは、これやっちまった方がいいぜ」

薬処の板敷きの上に置かれている乳鉢《にゅうばち》と乳棒《にゅうぼう》に向かって、あごをしゃくった。

「あ、いけない、そうだったわ」

鋼次にいわれ、あわてて志保は板敷きに座り、乳鉢を手に取った。乳棒で鉢の中に

ある、砕きかけた茶色い塊をさらに細かく潰《つぶ》していく。

「これ、鳥兜《トリカブト》の根なんだから気をつけないと」

志保は自分に言い聞かせるようにいい、細かくなったトリカブトの根を、劇薬の証《あかし》である薄い赤紙に等分に小分けした。トリカブトの根を烏頭《うず》という。烏頭には鎮痛効果があり、粉末にした烏頭を歯茎に塗布して歯抜きを行うと、多少なりとも、痛みを和らげることができた。

「近頃は志保さん、隣りの庭だけじゃなくて、そんなこともやるんだね」

そういった鋼次は、すでに志保の分も茶をいれ、厨から持ってきたさくら餅をほおばっていた。好物が口の中にあるおかげで、動悸はおさまりかけている。けれども、

「前は志保さん、朝早くに来て昼には帰ってたよね。午後も手伝ってほしいって、桂さんに頼まれたのかい」

と聞いてみると、腹のあたりが重苦しくなってきた。もしかしていよいよ桂助も志保を——。すると志保は、

「わたしが勝手に手伝ってるのですよ」

真っ赤になってうつむいた。志保と桂助は幼なじみであった。志保の父道順が藤屋の主治医で、幼い頃の桂助は身体《からだ》が弱く、道順の世話になることが多かった。その縁

で二人は知り合っていたのである。そして志保は幼い頃から、いや、今ではその頃にも増して、桂助が好きであった。もっとも桂助は、志保の心にまだ気がついていないようではあったが――。

「だってここは桂助さんだけでしょう。このところ、痛くなくて、お金にうるさくない口中医だってことで評判になって、毎日患者さんが来て、目のまわるほどの忙しさなんですよ。だから何かしてさしあげられないものかと思って――」

志保の顔はまだ赤いままであった。

「ふーん」

それで房楊枝の注文も多くなったのかと、鋼次は納得した。房楊枝というのは当時の歯ブラシのことで、歯と歯の間の汚れを取ったり、菓子をつまむ目的の楊枝とは異なる。鉛筆ほどの太さに割った木の先の繊維を、叩いたり梳《す》いたりして、筆の穂先のように仕上げたものであった。

房楊枝は日々使う物として大量に売られていたが、中にはこれさえ贅沢《ぜいたく》だということで、指に塩をつけて磨いて終わる者もいた。指使いでも歯茎を引き締める効果はあったのである。房楊枝同様、当時歯草《はくさ》といわれた歯周病の予防になった。

「それで、今、桂さんは外なのかい」

鋼次は志保が桂助から預かっていたという、房楊枝の代金を受け取ったところで聞いた。代金はわずかではあったが、いつもより上乗せしてくれていた。それで不甲斐ない一家を背負っている身としては、一言桂助に礼がいいたかったのである。

するると志保は黙って首を振った。

「じゃあ、治療処かな。厄介な歯抜きの患者だろう」

それでも志保は首を振り続け、

「客間においでです」

といい、

「だとしたら、おおかた伊兵衛《いへえ》さんだろうね」

伊兵衛は桂助の育ての親といっていい藤屋の大番頭である。甘いものに目がなかったから、さくら餅は伊兵衛の手土産《てみやげ》にちがいないと鋼次は思った。しかし、忙しい伊兵衛が桂助を訪れるのは、例えば藤屋の一大事とか、何かしら若旦那に相談しなければならない時であった。

「伊兵衛さんなら、ご無沙汰だ」

以前鋼次は振り袖の品定めで、無知を伊兵衛にそしられたことがあった。しかしその後、鋼次は藤屋長右衛門の危機を救い、伊兵衛から恩人と崇《あが》められるようになった。

「ちょいと挨拶させてもらうぜ」

立ち上がりかけた鋼次を、

「伊兵衛さん、たしかにここにいらしたのよ。でもすぐに帰られたの。というより、桂助さんが追い返したのよ」

といって志保は止めた。

「桂さんが伊兵衛さんを――考えられねえ。いったいどうしちまったんだい」

驚いた鋼次に、

「そうなの。近頃の桂助さん、ちょっと変なのよ」

志保はつぶやいた。

二

「変って、どう変なんだい」

鋼次は好物のさくら餅が盛られている菓子盆へと、手を伸ばしながら聞いた。そして、

「まさか、繁盛なんてのは嘘《うそ》っぱちで、歯抜きの客がまるで来ねえようになってる、

なんてことじゃねえだろうな」

探るような目で志保を見た。不思議に動悸はしなくなっていた。鋼次の場合、桂助のことを思いやる時、なぜか志保への苦しい恋情が消えるのであった。どうやらこれは男女のものとは別物で、たとえてみるなら、一家を背負っていることにやや近く、鋼次の血肉に等しい生きがいそのものだった。

——桂さんと〈いしゃ・は・くち〉を守って、俺はどこまでもついていく。それが俺の定めにちげえねえ——

「その心配はないわ」

そういって志保は和綴じの予約帖を開いて見せてくれた。口中の治療には何度か通わなければならない場合が多く、そのためのものであった。予約帖にはぎっしりと名前が書き込まれている。

「おかしいな。こんなに繁盛だってえのに、今、桂さんは治療処にいねえんだろう」

「今日は特別に約束を取っていないのよ」

「ふーん。けど、伊兵衛さんを追い返してまで、桂さんがもてなしてる相手ってえのは——」

思案した鋼次はぴしゃりと手を打った。そして、

「岸田《きしだ》の旦那だな。まちげえねえ」

鋼次が岸田の旦那といったのは、側用人《そばようにん》岸田正二郎《しょうじろう》のことであった。藤屋長右衛門と懇意の岸田は、何かと桂助に近づいてくるのだ。助けてくれることもあったが、強引に大奥へ治療に行かせられたこともあった。

「あの旦那、また何か桂さんに、無理難題を押しつけようってえんじゃねえのかい」

岸田は横柄ではないが怜悧《れいり》な印象の男で、何を考えているのか、腹のうちが読めない、と鋼次は感じていた。苦手な相手である。だがその岸田からも桂助を守らなければならないと、また立ち上がりかけると、

「岸田様ではありませんよ」

志保はたびかさなる鋼次の見当外れを笑うでもなく、真顔でいってうなだれた。そして、

「お客様は繭屋《まゆや》のおゆうさんです。鋼次さんがさっきから食べているさくら餅も、おゆうさんが持っていらしたものなのですよ」

と続けた。

「評判のあのおゆうさんかい」

驚いて鋼次は聞き返した。

「ええ、そうなのです」

志保は顔をあげた。青ざめた顔が今にも泣き出しそうに歪《ゆが》みかけている。

「手鞠花《てまりばな》のおゆうにちげえねえな」

さらに念を押されると、やっと涙をこらえていた志保は黙ってうなずいた。

繭屋は日本橋で新しく店を開いた呉服屋である。主《あるじ》のおゆうは中年増《ちゅうどしま》ながら、歩けば必ず人が振りかえる、ぱっと紅い牡丹《ぼたん》の花が咲いたようなあでやかな美女であった。

おゆうは美しいばかりではなく、人並み外れた商才もあった。今、江戸の町で繭屋のおゆうが有名なのは、〝手鞠花のおゆう〟だからである。絵心があったおゆうは、自分が好きな手鞠の模様を着物の柄に描いて、仕立てさせ、日々これを着て江戸の町を歩きつつ、店で客の応対をし続けて、いつしか〝手鞠花のおゆう〟と呼ばれるようになっていた。

手鞠の模様はややもすると童っぽいものなのだが、すらりとしたおゆうがこれを着ると妖艶な美貌と相俟《あいま》って、何とも魅惑的に、まだ誰も目にしたことのない神秘の花のように見えたのである。若い女たちは、われもわれもとこぞって手鞠模様の反物を買うために、繭屋へと押しかけた。

こうして新参の呉服屋である繭屋は大繁盛。手鞠模様の反物も売れに売れたが、主であるおゆうの名はそれ以上に売れた。当時女たちの流行は、大奥や歌舞伎役者から流れてくることが多かったから、主自らが着て流行《はや》らせたこの手鞠模様は異例であった。それだけに買い手たちには熱いものがあった。〝手鞠花のおゆう〟と呼ばれている主がこしらえた反物だからこそ、親しみを持つことができたのである。それゆえ、まだまだこの流行はおさまるところを知らず、おゆうが手鞠模様を着続けるかぎり、続きそうであった。

「けど、わからねえのは、何で〝手鞠花のおゆう〟と桂さんなんだい。桂さんが藤屋を継いででもいるんなら、呉服屋の寄り合いで顔が合うなんてこともあるだろうが――」

首をかしげた鋼次に、

「おゆうさんは桂助さんの評判を聞きつけて、歯を抜きにいらしたのです」

答えた志保はまだ多少浮かない様子ではあったが、さっきのような泣き顔ではなかった。

「それから、おゆうさん、ちがう歯が痛いとか沁《し》みるとかおっしゃって、おいでになるようになりました。桂助さんの診たてでは、もう悪い歯なんてないのにですよ」

志保の声が尖《とが》った。さらに、

「歯草の予防には、ここの小さな房楊枝がいいって桂助さんがいうと、店の人たちみんなにも使わせるからって、たくさん注文なさったり――それもこれも、ここへ来る口実なんですよ」

「それでこのところ俺にくる注文も多かったのか――」

鋼次は内心ありがたいと思ったが、志保の胸中を思うと複雑であった。すると志保は、

「それだけじゃありません。案じておいでになった伊兵衛さんをあんな風に追い返すの、桂助さんらしくない。ひどいですよ」

翳《かげ》った顔を伏せた。

志保の話によれば、おゆうはこのところ、訪れるだけではなく、桂助を連れ出しているようだという。伊兵衛がやってきたのは、何しろひときわ目立つ〝手鞠花のおゆう〟と一緒だった桂助のことが、めぐりめぐって、伊兵衛の耳に入ったからであった。

「新参者とはいえ繭屋も反物を扱っているからな。飛ぶ鳥を落とす勢いだし、伊兵衛さん、面白くねえんだろう」

鋼次の言葉に志保はうなずき、

「あとこれは伊兵衛さんの言葉ですけど、よからぬ虫がついて、世間であらぬことを取り沙汰されちゃ、困るって」

といって顔を赤くした。

「そりゃ、まあ、そうだろうな」

藤屋から出て口中医を開業しているとはいえ、藤屋の跡継ぎはまだ決まっていない。若旦那の桂助がいずれは藤屋に戻る、と見ている向きもあった。その大事な若旦那にとって、同業者で、器量と同じくらい商才のある〝手鞠花のおゆう〟を、伊兵衛は油断ならぬ相手と見ているのだろう。

「伊兵衛さんの話では、あのおゆうさん、素性がよくわからない人だっていってました。だから心配だって。でも桂助さん、聞く耳持たずで、よく知りもしないで人のことをとやかくいうのはよくない、帰ってくれって、いつにない剣幕だったんです」

「伊兵衛さんが追い返された後で、おゆうさん、来たってことか――」

「ええ、お約束のようでしたから」

「ふーん」

鋼次は鼻でうなずいたものの、これは相当大変なことだと思った。おゆうが桂助のところに通いつめるのも、桂助がおゆうに誘い出されるのも、どうということはない。おゆうが勝手に桂助を想っているか、藤屋の若旦那と知って押しかけ女房を決めこむ心づもりなのか、どちらであってもかまわない。ここまではおゆうの側の想いである。

ようは桂助がおゆうをどうとも思っていなければ、どんなにおゆうが想っても一人相撲なのである。

けれども、ほどなくおゆうが訪れるとわかっていて、桂助は伊兵衛を追い返した。鋼次の知っている桂助は、そこまで辛《つら》く伊兵衛に当たることなどしたりはしない。だとしたら、おゆうが来るとわかっていたから、ついそうしてしまったのか、伊兵衛がおゆうのことを持ち出したから、気がつくと伊兵衛を叱りつけていたのか、どちらにしろ、鋼次は直感した。

――桂さんは〝手鞠花のおゆう〟を好いているんだ――

また、

――桂さんも人並みに女を好くこともあるんだな、こりゃあ、いいや――

〝こりゃあ、いいや〟と思ったのは、桂助を同じ男として、前より身近に感じてうれしかったからだったが、顔には出さなかった。

目の前の志保は浮かない顔のままである。

――志保さんも桂さんの恋心に気がついてる。女の直感ってやつだな――

そう思うと鋼次も浮かない気分になりかけた。桂助に想う人ができたからといって、志保を何とかできる、などというだいそれたことは、もとより思っていなかったからである。

――けど、これで桂さんと志保さんが想いあうようになったら、俺は辛くて辛くて、もうここには来れねえな――

それでもやはり、しょんぼりしている志保が気の毒でならず、鋼次までつられてうなだれていると、

「長くおじゃまをいたしました。それじゃ、これで失礼いたします」

廊下を通る軽やかな足音とともに、鈴の音に似たあでやかな女の声がした。

## 三

おゆうは薬処の前の廊下を歩いて戸口へと向かっていた。薬処の障子は開け放たれている。その姿をかいま見た鋼次は、

――す、すげえ――

思わず息を呑《の》んだ。

おゆうは季節柄、さくら色の地に金糸銀糸の手鞠を配した着物をふわりと身につけていた。それがことさら色白の顔に映えて、美しくも優しく、可憐にして颯爽《さっそう》として

いて、この世の者ならぬ、さくらの花精に出会ったかのようであった。

鋼次はおゆうが去った後の廊下をしばし呆然と見つめた。花精が残していった、えもいわれぬ芳香が漂っているように感じられてならない。

「きれいな人でしょ」

志保が今にも泣き出しそうな声を出した。

「ああ、そうだな」

鋼次は相槌《あいづち》を打って、

――これでは小町娘と評判の志保さんだってかなわない。けど、そんじょそこらに、かなう相手がいるとも思えねえ――

と思いつつ、

「はじめて見たぜ、〝手鞠花のおゆう〟をさ。噂じゃ、江戸で一、二を争う美人画の絵描きや化粧師につきまとわれても、鼻もひっかけねえそうだ。たしかにきれいだが、きつねが化けてるんじゃねえのかい。きれいな女を見慣れてる絵描きや化粧師には、きっと正体がばれる。それがわかっていて、相手を袖にしてるってこともあるぜ」

などと話していると、

「おゆうさんはきつねではありません」

おゆうを送って戻ってきた桂助がやや不機嫌な顔でいった。

「いけねえ、いけねえ。つまんねえ話をしちまった。だから俺は馬鹿なんだ」

ぼこぼこと頭を叩いてみせた鋼次は、

「俺は伊兵衛さんみたいに追い返されたくはねえからな」

と先手を打っておいて、

「桂さん、ここは〈いしゃ・は・くち〉だよ。どうして、よりによって〝手鞠花のおゆう〟みたいな評判の女が、客間にまで出入りするんだい。俺も志保さんもここの仲間で、桂さんとは気心も知れてるけど、あんまり突拍子もないことは、話してくれねえとわからねえ。困っちまうよ。きつねとまでいったのは悪かったが、〝手鞠花のおゆう〟についちゃ、とかく、いろんな噂があるから、志保さんだって心配してる」

桂助に水を向けた。志保の方は真っ赤に頬《ほお》を染めてうつむいた。

桂助は、

「おゆうさんがここへ来たのは、痛む歯を抜くためでした。何度も通ってきていたのは、おゆうさんの痛む歯が、歯根《しこん》だけ残った様子だったからです。他の口中医が抜きかけて、途中で歯が折れ抜けきれていなかったのです。残っていた歯根は腐りはじめていて、まずはこれを黄連《おうれん》、黄柏《おうばく》などの薬で手当してから抜くことにしました。だから通ってきていたのですよ。志保さんに話さなかったのは、こういったことは時々あることですから、わかってくれているとばかり思っていたのです」

といって志保を見つめた。目を合わさずに志保はうなだれた。

「けど、もう治療は終わったんだろう。なら、客間で話なんぞすることはねえんじゃねえか」

よほど、一緒に連れだって歩くこともねえじゃねえか、ともいいたかったが、そこまでいうと、誰から聞いたのかということなり、志保の告げ口がばれてしまう。

「実はおゆうさんから頼まれ事をされたのです」

聞いた志保が顔を上げた。やはり思ったとおり――、という悲しげな面持ちである。

「それ、何なんだい」

鋼次はずけずけと聞いた。

――女が男に頼み事をするってえことは、好いてるってことだぜ。でも、そのへんのところは、桂さんにはわからねえだろうな。たぶん、知らずと相手の仕掛けにはまっちまってるんだろう――

「おゆうさんにかね親を頼まれたのですよ」

「へえ、繭屋に婿でも迎えるのかい」

とぼけて鋼次が聞くと、

「いや、おゆうさんの婚礼ではありません」

真顔で桂助は答えた。

当時、女たちは結婚すると、お歯黒といって、必ず歯を黒く染めるならわしがあった。黒は他の色に染まらないことから、〃貞女二夫にまみえず〃という貞節の象徴であった。かねわかし、かね水入れ、お歯黒壺《はぐろつぼ》などのお歯黒道具は、大切な婚礼道具であった。

また、酢酸《さくさん》第一鉄のかね水を、はじめて新婦が歯につける儀式には、かね親が欠かせなかった。かね親は、新婦側の親戚縁者の中にいる福徳の備わった女性何人かが、引き受けるものであった。かね親たちは、かねわかしでこしらえた自家製の〃かね〃を持ち寄って混ぜ合わせ、それで新婦にかねつけの初体験をさせたのである。一種の縁起かつぎではあったが、広く行われていた。

「おゆうさんの店でお紺《こん》さんという人が働いています。おゆうさんが可愛《かわい》がって目をかけてきた人で、近々、出入りの糸物問屋の手代と夫婦になるという話です。二人はこれといった親戚がないのだそうです。口中医と〃かね〃は縁があります。〃かね〃のおかげで、むしばや歯草が防げますからね。そこで、おゆうさんは、今後二人にいい運がめぐるよう、〝かね〟に縁のあるわたしに、かね親になってくれ、二人に会ってから決めてくれてもいい、と頼みにいらしたのです」

聞いた鋼次は、

――なるほどそれで連れだって歩いていたのか。しかし、さすが〝手鞠花のおゆう〟。やんわりと絡《から》め取る。こういうやり方で運ばれりゃ、桂さんだって、嫌とはいえねえだろう――

「それで引き受けたのかい」

桂助がうなずくと、

「じゃあ、今日の話は、かね親と婚礼の段取りだったんだな」

かね親によるかねつけの儀式は、婚礼の後行われる。

「それもありましたが――」

「まだあるのかい」

鋭く鋼次が切り込んだ。

「ともいえますが」

桂助は困った顔になった。

「いったい何なんだよ」

鋼次は促した。

「お紺さんの相手の糸物問屋の手代は、加助《かすけ》さんという実直な若者です。ところが、この糸物問屋は小さい商いなので、のれん分けをするゆとりがありません。このまま糸屋で働くのもいいが、それでは先がしれている、とおゆうさんは案じるのです。身を粉にして繭屋のために働いてくれた、妹分のお紺さんが不憫《ふびん》だというのですね。そこでおゆうさんは、二人に小間物屋をはじめさせようとしています」

「たしか繭屋は小間物も売ってますよね」

志保が口を挟んだ。藤屋のような大店となると、小間物はほとんど扱わない。繭屋が香袋や信玄袋、楊枝や簪まで並べているのは、新参者の証ともいえた。ただ、繭屋の小間物は仕入れに目が利いていると評判で、人気があった。

志保の言葉にうなずいた桂助は、

「おゆうさんは繭屋の小間物売りをそっくり、お紺さんたちに引き継がせて、新しい小間物屋として独り立ちさせようとしています。もちろん、店を開くのにかかるお金もおゆうさんが引き受けるとのことですよ」

「そりゃあ、見上げた了見だぜ」

鋼次は感嘆した。志保もうなずいている。たとえあまり快く思っていない相手でも、場合によっては、冷静に認めることができるのが、志保の性格であった。

「今どきそんな奉公人思いのご主人、なかなかいませんよ」

思わずおゆうを称《たた》えてしまったのは、父の道順にかかる患者の中には、病いにかかったばかりに、店からひまを出されたと嘆く人たちが多かったからである。

「けど、ほんとなのかよ。あんまり立派すぎて、信じらんねえような話だぜ」

首をかしげる鋼次に、

「ほんとうです」

桂助はきっぱりと言いきり、さらに、

「その証拠におゆうさんは、繭屋の看板になっている、手鞠模様の反物で小間物を作って、お紺さんたちの店の看板の品にするつもりなのです」

「〝手鞠花のおゆう〟の小間物を店が売り出したら、大売れ、まちげえねえな」

その様子を思い描いたのか、鋼次はため息をついた。

すると桂助は、

「そこで〈いしゃ・は・くち〉にも、おゆうさんの声がかかりました。旅に出て持ち歩く、小さな房楊枝を作ってくれないかというのです。房楊枝を入れる袋は、おゆうさんの手鞠模様になるそうです――」

聞いた鋼次は、

「すげえ、かなわねえ」

と一声唸《うな》った後、

「おゆうの心意気もその話も面白《おもしれ》え、俺は乗ったぜ」

目を輝かせて膝を打った。

片や志保の声は、

「おゆうさん、お仕事のお話でいらしてたのですね」

うって変わって明るくなった。

# 四

翌々日の夕刻、治療を終えた桂助は繭屋へと足を向けた。旅に携えていく小さな房楊枝を作ってほしい、というおゆうからの頼まれ事の返事をするためであった。

繭屋があるのは藤屋と同じ日本橋であったが、桂助は実家の藤屋には立ち寄らなかった。伊兵衛におゆうのことをまた詮索《せんさく》されるのは、煩わしかったからである。

繭屋の看板は、藤屋のもののようなどっしりとした重みこそなかったが、達筆で真新しく明るかった。店構えも同様で、もとより格調はなかったが、誰もが暖簾《のれん》をくぐり抜けたくなるような気軽さがあった。

桂助が入っていくと、居合わせたお紺が走り寄ってきた。

「先生、先日はわざわざお運びいただいて、ほんとうにありがとうございました」

小柄なお紺は下ぶくれの童顔をほころばせた。

「先生にかね親になっていただけるなんて、もう夢のようで――」

といい、

「加助さんもどんなにか、ありがたがっているかしれません」

目を潤ませた。

桂助の方は、

「わたしにできることはそう多くありません。それをさせていただくだけのことですよ」

やや困惑気味にいった。

お紺が取り次いで、おゆうが店の中から走って出てきた。

手で髪の具合や衿元《えりもと》を直しながら、

「先生の方からお越しいただけるなんて、思ってもみませんでした。どうぞ、お入りになってください」

　奥へと招き入れた。

　客間に通された桂助は目を瞠《みは》った。夜の中に桜が咲いている。障子が外された客間は庭に続き、桜の巨木が今を盛りに花をつけていた。部屋の中は行灯《あんどん》の明かりで煌々《こうこう》と明るく、さらに、桜の木は満月といくつもの灯籠《とうろう》の光を浴びている。時折、花びらがきらきらと輝きながら散っていく。

「みごとな夜桜ですね。きれいだ――」

　桂助は思わず洩らし、おゆうは、

「そういっていただくとうれしいですわ。江戸で一、二を争う庭師に選んでもらって、山から運んで植え替えた桜の木です。毎春、わたしのささやかな楽しみなのですよ」

　そして、

「お食事はまだでございましょう。今すぐご用意いたします。少々お待ちくださいな」

といった。

　桂助は思いがけない、おゆうの誘いがうれしかったが、

「夕餉《ゆうげ》は早く摂《と》ることにしていて、すませてきましたので結構です。それに、この間お誘いいただいた時には、初鰹《はつがつお》などご馳走になりました。十分恐縮しています」

「まあ、それは残念です。ではお酒でもご用意いたしましょうか」

「それも結構です。お話が終わったら、すぐに失礼いたします」

「あ、それなら――」

そういったおゆうは客間から一度消えると、瀟洒《しょうしゃ》な菓子皿に、四角く切った卵色の菓子を載せ、湯で溶いた白牛酪《はくぎゅうらく》を添えて戻ってきた。

「どちらも、きっとお好きにちがいないと思いまして」

うなずいた桂助は、

「よくわかりましたね」

微笑した。

「前に先生から白牛酪は歯や骨にいいからと勧められました。先生もお小さい頃から、白牛酪を摂っておいでと聞きました。それならたぶん、カステーラもお好きではないか、と思ったのです」

白牛酪とは今日でいう、バターあるいは固めた練乳に近い代物である。この時代、乳製品は獣肉などと同様、〝薬食い〟として、限られてはいたが需要があった。幼い頃虚弱だった桂助は、志保の父道順の勧めでこれを口にして以来ずっと好物なのである。

「その通りです。いただきます」

　桂助はちょうど小腹が空いてきた時だったので、久々の好物をありがたくいただいた。カステーラに白牛酪は入っていないが、茶色い表面の焦げた砂糖の味がなつかしかった。白牛酪を使った菓子や料理を覚えたのは長崎で、カステーラも長崎のものだったからである。

　桂助は白牛酪を飲み干し、

「ごちそうさまでした」

　さらに、

「あなたもこれをお飲みになるといいですよ」

　真顔でいった。

　おゆうは美味《おい》しそうに飲み干す桂助の顔を、じっと見ていたが、

「取り寄せてみたのですが、こればかりはだめでした。いくら身体にいいといわれても、匂いが気になって飲めませんでした」

　また、

「わたしは先生とは育ちがちがいます。先生のようにご立派なご両親に守られ、高価な白牛酪を幼い頃から飲まれていると、匂いなど気にならないものなのでしょうね」

人柄のせいか、不思議と嫌味を感じさせずにさらりといってのけ、吸いよせられるように、庭の桜へと目を移した。

そのままおゆうは魂が抜け、まるで魅入《みい》られたかのように、桜の巨木を見つめ続けている。

「何か、桜にまつわる思い出がおありなのですか」

「母が好きでした」

そういったおゆうは、はっと気がついて我に返った。そして、

「この桜を見ていると、幼い日のことばかり思い出すのです」

といい、

「少しだけ、わたしの話をさせていただいてよろしいでしょうか」

桂助が黙ってうなずくと、おゆうは話しはじめた。

一人娘のおゆうは江戸から遠くない旅籠《はたご》で生まれた。物心ついた時から家は貧しかった。だが、辛いのは貧しいだけではなく、酒と博打《ばくち》に溺れている父親弥吉《やきち》が、料理屋で働いていた母親お駒《こま》に、何かと理由をつけては殴る、蹴るといった、暴力を振うことであった。

「何度、おっかさんが死んでしまう、わたしまで殺される、って思ったかしれません」

その母親お駒はろくでなしの亭主と幼い娘を残して、若くして死んだ。医者にはかかっていなかったが、咳《せき》ばかりしていて血を吐くこともあったから、過労がたたって労咳《ろうがい》に苦しんでいたのだと思う、とおゆうはいった。お駒が亡くなって一年とたたないで、今度は父親の弥吉が死んだ。ぐてんぐてんに酔って夜道を歩いていて、足を滑らせて川に落ちたのであった。

「ひとりぼっちになった時は八つでした。この時、遠くから親戚が来て、引き取ってくれることになりました。わたしが川越にある〝すぎや〟という太物《ふともの》屋の孫だったからです。母のお駒は〝すぎや〟の跡取り娘で、親が決めた真綿《まわた》問屋の次男坊を嫌って、手代だった父弥吉と駆け落ちしたのだと、わかりました。〝すぎや〟はその後、母の従兄《いとこ》が継いでいたのです。はじめ、わたしは母ばかりが哀れでならなかったのですが、そのうちに父も同じように哀れに思えました。ぶらぶらして働かない父ばかり見ていましたが、きっとことごとく仕事が上手《うま》くいかず、躓《つまず》きすぎたのだと今では思っています」

「やっとわかりました、それでお紺さんと加助さんに、あそこまでのことをしてあげようとしているのですね」

うなずいたおゆうは下を向いて、

「変わった供養《くよう》の形とお笑いくださいませ」

ひっそりといった。

お紺と加助のために、新しく売り出す房楊枝を作る話は最後になった。それを告げるとおゆうは、

「おいでいただけたので、お引き受けいただけると期待はしておりましたが、何ともうれしいお話です」

と女主人の顔になった。そして、

「そうなるとご相談させていただきたいのは、房楊枝の木を何にするかということになりますね」

きびきびと商談をはじめ、

「黒文字《くろもじ》か肝木《かんぼく》がよろしいのではないでしょうか」

と聞いてきた。

「どちらもほどよい香りがあり、柳類などと比べると硬さもあり、よい房楊枝ができます」

すると、おゆうは、

「是非《ぜひ》肝木で作っていただきたいのです。肝木には、白い手鞠のような花が咲く、手

鞠肝木という種類があるそうで、そんな肝木で作った房楊枝と、それを収める手鞠模様のいれものは、よい取り合わせになると思うのですが」

といった。

桂助は、

「たしかに、黒文字より肝木の方が弾力のある木質です。奥歯や歯茎などの汚れも取りやすい。ただ少々値が高すぎませんか」

首をかしげると、

「それはわたしの仕事です。おまかせください」

おゆうはあでやかに微笑《ほほえ》んだ。

## 五

仕事を受けた鋼次は、

「肝木で作らせてもらえるのは、そうめったにあることじゃねえ。職人冥利《みょうり》に尽きるってもんだ」

と喜び、おゆうが手配した肝木で、まずは試しを作りはじめた。

房楊枝作りは木を縦に割って長さを揃《そろ》え、木先を叩いたり、梳いたりして房を作る、ごく単純な仕事ではある。普通は、節があって曲がっている部分もこだわらずに使って作る。安価などろやなぎでさえもそうしている。所詮《しょせん》、房楊枝は使いきりであった。ところが、おゆうは高い肝木を使うというのに、節は捨てて、姿も心地もいい、極上の房楊枝を作ってくれと、鋼次に頼んだ。そのために、おゆうはわざわざ鋼次の長屋にまで足を運んだのである。

鋼次はその時のことを、

「おゆうさんは俺に、普段泣いているかざり職人の腕を生かしてくれ、っていったのさ。それにしても、あんな人が長屋に降りたつなんて、まさに掃きだめに鶴だったぜ。何ってったって、俺たちのところはけむし長屋なんだからさ」

と興奮気味に桂助に伝えた。すでにおゆうの信奉者の一人になっていた。

鋼次の住んでいる場所はさくら長屋という、大家がつけた名前ではなく、けむし長屋と呼ばれている。桜の花の後、けむしが大発生して、風に飛ばされて降ってくるからであった。もちろん手入れされず、古く汚いせいもあった。

おゆうに気概を持たされた鋼次は徹底して、ていねいな仕事をした。

そもそも、「どろ」といわれるどろやなぎを使った房楊枝は、どろの木質が柔らかいので、木先を煮る手間をかけない。四角形の木に二十本余りの木綿《もめん》太針を並べた梳き具に、大きさをそろえただけの木の先を通して、するすると繊維状にほぐして房にする。これだと今でいう大量生産なので、部分的にではあるが、房の繊維が切れてしまう。

一方、木質の硬い肝木や黒文字となると、まずは木先を薬缶《やかん》で煮て柔らかくした後、繊維をいためないように優しく叩く。この後は梳くのだが、上等の針を使った、手に握れるほどの小さな梳き具で、一本も繊維を切ったりしないようにていねいに梳く。黒文字だとこの先、さらに木先を叩かなければならないのだが、繊維に弾力のある肝木には必要ない。最後は鹿皮で梳いた房を繊維に添って揉《も》んで仕上げる。

こうして出来上がった鋼次の房楊枝は、おゆうが考案し、試しに作らせた華麗な房楊枝入れの中に収めてみることになった。その房楊枝入れというのは、手鞠模様の紙入れで、中には一緒に懐紙や小さな鏡なども入れられるという、便利なものであった。試しの房楊枝入りの紙入れは三点作られた。一点はおゆうが、あと二点は桂助と鋼次が持っていることになった。

おゆうは、

「おかげさまで、思った通りのよい物ができました。鋼次さんにくれぐれもよろしくおっしゃってくださいい。今後もがんばっていただかないと――」

深々と頭を下げ、とりあえずの礼金を置いていった。

そんなある夕方、お紺が〈いしゃ・は・くち〉に現れた。走ってきたのだろう、荒い息をついている。よほどのことがあったのか、顔は赤いが表情はこわばっている。

「先生――」

そういってお紺は、思いつめたように桂助を見ていたが、息が整うと何があったともいわず、

「お聞きしたいことがございます。先生が、おかみさんとお持ちになっておられる、房楊枝入りの紙入れはまだおありですか」

と聞いてきた。

「あります」

桂助は薬処へ行って、大切に薬箱の中にしまっていた紙入れを取りだして見せた。

「今、けむし長屋に寄ってきたところです。鋼次さんもそれをお持ちでした。先生もお持ちだとすると――」

お紺は言葉に詰まって、ますます顔をこわばらせた。

「いったい何が起きたのか、話していただけませんか」

つられて桂助も緊張していた。

お紺の話はこうだった。何日か前、内神田の油問屋〝福屋《ふくや》〟に火事が起きて、逃げ遅れた主の善次郎《ぜんじろう》と思われる焼死体が見つかった。この話を桂助は、治療に訪れた患者の一人から聞いて知ってはいたが、大店の〝福屋〟が焼けたのは、付け火ではないかという疑いが持たれていることは寝耳に水であった。

「何でも、焼けた福屋さんの庭の手水鉢《ちょうずばち》に、これと同じものが浮いていたということなんです」

そういって、お紺は桂助が手にしている紙入れを見つめた。そして、

「その夜、内神田でおかみさんを見たという人も出てきています。それもあっておかみさんは番屋に連れて行かれました。このままではおかみさんは下手人《げしゅにん》にされてしまいます。おかみさんに限って……先生、何とかしてください、お願いします」

というと、わっと泣き出した。

「わかりました」

気がつくと桂助は身体が震えるほど緊張していた。番屋から大番屋に移されたという、おゆうが案じられてならない。それでも自分まで取り乱してはならないと、笑顔

を作って、

「何とか力になります、だから安心なさい」

そして、朝一番で大番屋のおゆうに差し入れを届ける、というお紺を繭屋に帰した。

お紺と入れ違いに鋼次がやってきた。同じように息を切らしている。鋼次も全身がこわばって表情が険しい。

「お紺は俺のところへ来た後、ここへ寄るといっていた。だから、桂さん、もういきさつは聞いているだろう」

とまずいって、大番屋に寄って仕入れてきたばかりの話をはじめた。鋼次の幼なじみは下っ引きなのである。

鋼次の話によれば、大番屋のおゆうは自分は何も疚《やま》しいことはしていないといったきり、一言も口を開かないという。房楊枝入りの紙入れを、桂助や鋼次も持っていることを含めて、何も語らないようであった。

「わたしたちに迷惑がかかると思っているのでしょう」

いかにもおゆうらしいと桂助は思った。

「といって、俺たちも同じのを持ってる、と申し出たところで助けられねえ。俺たちが、下手人じゃねえ、っていう証にしかならねえよ」

うなずいた桂助は、

「内神田でおゆうさんを見たという人の話は、たしかなのですか」

「大店の丁稚《でっち》が、肝試しに近くの神社に行く途中、〝福屋〟の方へ歩いて行くのを、見かけたっていう話だ。前に一度見たことがあるそうで、あれほどの美人は忘れられない、まちがいないといってる。丁稚は付け回して袖にされていた絵師や化粧師じゃねえ。恨みもねえだろう。嘘じゃねえと思うよ」

「なるほど」

それでも念のため、桂助は店の大戸を降ろしている繭屋を訪れた。お紺はしぶしぶ、その日おゆうが行き先を告げずに、夜外出したことを認めた。桂助から聞いた鋼次は、

「そりゃ、分が悪すぎらあな。けど、火付けと決まりゃあ、たとえ女でもお上は容赦《ようしゃ》しねえ。引き回しの上、火あぶりだぜ」

といった。

そこで桂助は側用人の岸田正二郎を訪ねて、相談することにした。岸田でなければ知ることのできない事柄を調べてもらい、おゆうに会えるようはからってもらうためである。大番屋を牛耳《ぎゅうじ》っているのは、酒好きの中年者である同心《どうしん》の友田《ともだ》達之助《たつのすけ》だったが、小心な友田が融通を利かせて、おゆうに会わせてくれるとは思いがたかった。

一方、桂助の願いを聞き届けた岸田は、冷たく削《そ》げた顔をにこりともさせずに、

「ただし、この貸し、高くつくものと心得よ」

とだけいった。

こうして桂助は大番屋でおゆうに会うことができた。おゆうに会わせてくれる時には、役人は立ち会ってほしくない、と桂助は岸田に頼んであったので、友田は嫌な顔をしただけで、詮議《せんぎ》の間にはついてこなかった。

おゆうは痩せてはいたがやつれてはおらず、まだあでやかで、桂助と向き合うと、

「まあ、先生、こんなところにまでいらしていただいて——すみません」

両目をしばたたいた。

桂助は、

「焼死した福屋善次郎という人に、あなたが会おうとした理由を、お聞かせいただけませんか」

とまずいい、おゆうが答えずに下を向くと、

「福屋善次郎さんは、あなたの亡くなったお母さんと縁のある方だったのではありませんか」

ずばりと聞いた。

おゆうは濡《ぬ》れた目を瞠った。

六

「福屋さんについてお調べになったのですね」

おゆうの言葉にうなずいた桂助は、

「福屋さんが川越の生まれだとわかって、もしやと思ったのです。それと夜桜を見ながらお母さんのお話をなさっていた時の、おゆうさんの思いつめた顔がずっと気になっていました」

といい、

「福屋さんが焼けた夜、あなたが善次郎さんを訪ねていたのは、まちがいのないことですね」

念を押した。そして、

「はい」

とだけ答えたおゆうに、

「夜遅く一人で出かけるのは、よほどの事情ではないでしょうか。話していただけませんか。わたしはあなたの無実を信じています。火付けは重罪で、このままでは――。だから何とかして助けてさしあげたいのです」

畳み込んだ。

桂助の無実を信じている、助けたいという言葉に、おゆうの目がまたさらに潤んだ。

そういったおゆうは、

「そこまで先生はわたし風情《ふぜい》のことを――。わかりました。お話しいたします」

「わたしが福屋さんを知ったのは、桃の節句の頃でした。思いがけず丁寧な文をいただいて――。文には、善次郎さんが亡くなった母の許婚《いいなずけ》であったこと、未だに母のことを忘れかねていること、そして、節分の豆まきで賑わっていたお寺の境内で、たまたま居合わせたわたしを見かけ、文を届けずにはいられなくなった、と書かれていました。わたしは母によく似ているのです。この時、文と一緒に輪島の硯箱《すずりばこ》をいただきました。蓋の蒔絵《まきえ》には母が好きだった桜が散っていました。まるで夜桜のように――」

「それであなたはあの時、何とも不思議な様子でいらしたのですね」

「駆け落ちしてからの母は死ぬまで不幸せでした。ですから、そんな母にも、こうして年月を経ても思い出してくれている人がいたのだということが、うれしかったのです。いただいた硯箱を手元に置いて夜桜を見ていると、今にも喜んだ母の霊が降りてきそうな気もいたしました。ここ二月《ふたつき》、善次郎さんは、桜の絵図の屏風《びょうぶ》や掛け軸、香炉《こうろ》、花生けなどとともに、母の思い出を綴った文を送り続けてくれました」

「福屋さんとはすぐにお会いにならなかったのですか」

「何でも、奉公人には内緒にしているとのことでしたし、ずっとお加減がお悪いと書かれていました。けれども、それが死病で、そのうち枕から頭が上がらないほどになると知らされたのは、福屋さんが焼ける前の日でした。どうしても会って話しておきたいことがある、と文でおっしゃって――」

「それであなたは出かけて行かれたのですね」

「ええ。善次郎さんにはお内儀《ないぎ》がおいでではなく、他にこれという身よりもないとわかったからです。もしもの時には看取《みと》る覚悟でございました。母を思って一人でいらしたのですから、そのお返しがしたかったのです。それが――」

「それが？」

「お役人はわたしが財産ねらいだというのです」

　おゆうはこの場にいない大番屋の役人を思い出して、口惜しそうに唇を噛んだ。

「ひどい話ですね。たしかに油屋で功なり遂げた福屋さんは裕福でしょうが、あなただって繭屋を起こされた方です」

憤る桂助に、

「お役人にはわたしがさぞや強欲な女に見えるのでしょう」

おゆうはやや捨て鉢にいった。

「ところで――」

桂助はまずそう切り出して、

「福屋善次郎さんの文に、無実の証を立てる手がかりがあるかもしれません。一つ預からせていただけないものでしょうか」

と続けた。おゆうは黙ってうなずいた。

それから桂助はいよいよ要《かなめ》の話だと緊張しつつ、懐から房楊枝入りの紙入れを出した。

「これが福屋の焼け跡の手水鉢に落ちていたと聞きました。ほんとうにあなたがお持ちになったのですか。もしや、どなたかを庇《かば》っているのではありませんか」

するとおゆうは急に無表情になり、無言で紙入れを見つめるばかりになった。

大番屋を出た桂助は藺屋へと向かった。お紺に頼んでおゆうの部屋へ案内してもらうと、文机の上に文箱を見つけた。中には福屋善次郎からの文が何通かあった。

家に戻った桂助はこれを志保や鋼次の前で読んだ。

「まあ、福屋さんは身代《しんだい》をおゆうさんに譲る、といっておられたのですね」

志保は驚いた声を出し、

「ってえことは桂さん、その文はおゆうさんには疫病神《やくびょうがみ》だぜ。いくらおゆうさんが昔好きだった女の娘でも、福屋とは血のつながりはねえ。ひょいと福屋の気が変わるかもしれねえ。福屋の気が変わらねえうちに、欲深なおゆうが殺《や》っちまって、火を付けたってえことにされちまう」

鋼次は苦虫を嚙み潰したような顔になった。

「あの、それ――」

志保は言葉が追いついてこない様子だったが、

「油屋に火を付けるなんて、そんな恐ろしい――」

「ちょいと待った、焼け残った土蔵の中はもぬけの空だったたって聞いてる。俺なら、善次郎を殺して、油壺やお宝をかっさらった後、油をまいて土蔵を焼くぜ。そうすれば火は土蔵から出て店に移り、殺された主は焼け死んだってことにできる。なのに、どうしてなんだ、どうして――俺にはわかんねえ」

そこで鋼次は考えが進まなくなった時の癖で、ぼこぼこと自分の頭をこぶしで殴った。

　一方桂助は、岸田から届いている文に目を落として、

「これは内密に岸田様にお調べいただいたことなのですが、福屋は左前で苦しかったようですね。福屋善次郎は油屋で得た元手で、紅や茶、乾物などの店の名義を買い取り、手広く商っていて、繁盛していた時期もあったようですが、このところは本業の油屋も含めてじり貧だったのです」

　聞いた志保は、

「土蔵はもともとからっぽで、それで、福屋さんは自ら長くない命を絶ったということなのかしら」

　うなずいた鋼次は、

「福屋の奉公人は、火の出る前の日に、一人残らず暇を出されてる。福屋が自害するためだったとすると、辻褄《つじつま》が合うな」

　桂助は首を振って、

「では何でおゆうさんを呼んだのですか。亡骸《なきがら》が見苦しくなる前にみつけてほしいからだったとすると、火を付けたわけがわかりませんよ」

　鋭い口調になった。

二人は黙り込み、鋼次だけがさらにぼこぼこと自分の頭を殴り続けた。すると桂助は、何を思ったのか、

「志保さんにお願いがあります」

といって、死病にとりつかれていたという福屋がかかっていた医者を、道順を通じて探してみてほしいと頼んだ。

「桂さん、それはねえぜ。俺にも何かやらしてくれねえか」

ふくれかける鋼次には、

「福屋善次郎は独り者でした。独り者には遊びがいると世間ではよくいいますね。鋼さんは、そのあたりのことを調べてください」

二人はすぐに〈いしゃ・は・くち〉を出て行き、その日の夕方には桂助のもとに戻ってきた。

福屋の医者筋を調べてきた志保は、

「父によれば、患者さんの話は、よく医者仲間の寄合で出ることがあるそうです。たまたまそんななかに、長年福屋さんを診てきた方がいて、今、訪ねてきました。福屋さんには長年にわたる持病はあるものの、それは贅沢のしすぎで、よくある金持ち病。すぐに命にかかわるというようなものではなかったとのことでした。あくの強い性格

で、恨まれて殺されることはあっても、自害など考えられないといっていました」

鋼次の方は、

「驚いちゃいけねえよ、福屋はあの椿屋《つばきや》の常連だったのよ」

とまず知らせた。椿屋はとかくの噂のある料理茶屋である。以前に桂助と鋼次は、そこで働いていて、不遇に殺された女の無念を晴らすために訪れたことがあった。椿屋には、吉原や岡場所より安上がりだからと上がる客が多かった。

「とにかく、けちでしつこい客で、椿屋じゃ、みんな嫌ってたそうだ。考えてみりゃ、椿屋なんぞは、福屋ほどの店の主が遊ぶ場所じゃねえ。だから福屋ってえやつは、よほどみみっちいやつだったにちげえねえぜ。店で相手をしてた女は、福屋に女房子どもがいないのは、おおかた食べさせる口が惜しいからだろうっていってたぜ」

七

さらに鋼次は、

「ってえことは、火の出る前の日、奉公人に暇を出したのも、福屋がぴんぴんしてたとなりゃ、自害なんてえ殊勝なもんじゃねえ。けちの福屋が、店も左前で急に金が惜しくなったってえことだな」

　といい、志保は、

「こっそりおゆうさんを呼び出したのも、きっと嫌らしい目的があってのことだったんでしょうね。ああ、いやだ」

　身震いした。そして鋼次は、

「となりゃあ、福屋《や》が殺られて蔵をさらっていかれたのは、自業自得《じごうじとく》ってこったな」

　一方桂助は、

「そうなると、下手人は福屋を恨んでいた人かもしれませんね。暇を出された奉公人を当たってみなければなりません」

　といい切った。

　福屋の番頭は一膳《いちぜん》飯屋をやっている女房を手伝っていた。つるりとした丸い顔の中年者で、愛想笑いを浮かべつつ、女房の指図で皿小鉢を運ぶなど、こまめに働いていた。

　夕刻にやってきた桂助と鋼次が酒も飲まず、黙々と飯を平らげて、死んだ福屋善次郎のことで聞きたいことがあるというと、とうに察していたのか、

「承知いたしております」

前掛け姿のまま二人を店の裏に案内したが、二人が奉行所の人間ではないとわかると、

「お役人にはもうとっくに申し上げました」

愛想笑いを消してぶっきらぼうになった。

「これには疑いをかけられている、ある人の命がかかっているのですよ」

桂助は厳しく諭した。鋼次の方は、

「聞いた話じゃ、福屋善次郎はひでえ主だぜ。さぞや番頭さんも辛《つれ》え思いをなさってきたんじゃないのかい」

挑発しておいて、

「けど、だから奉公人の中に恨むやつがいて、下手人がいるなんて思っちゃいねえ。だから話してくれよな」

安心させた。

その言葉に番頭はうなずく代わりに、ぐいと唇を嚙みしめると、

「たしかに亡くなった旦那様は、人並み外れて奉公人に節約を強いる方でした。他の店では、三度の飯ぐらいはあるだけいいように食べさせるところが多いのですが、福屋でそれをすると給金から引かれるのです。食べていい飯の嵩《かさ》が決まっていました。

すべてがそういう按配《あんばい》でした。けれどもわたしは旦那様あっての福屋と思っておりましたので、今さら旦那様の血も涙もないご気性について、とやかくいいたくはないのです」

そういい切った相手に桂助は、

「それでは、暇を出される前に、福屋で何かおかしなことがなかったのか、思い出してくれませんか」

矛先《ほこさき》を変えた。

「そうですね――」

一時番頭は思案したが、

「暇を出される一月《ひとつき》ほど前から、土蔵の鍵が見当たらなくなりました。以来わたしどもは土蔵に入っておりません」

その言葉に桂助は身を乗り出して、

「鍵がなくなったとなれば大変なことです。当然、主にそのことをいったのでしょう?」

「はい。ですが放っておけ、かまうことはない、という返答でした」

「鍵は主が持っていたのですね」

「そうとしか考えられません」

「けれども主は自分が持っている、とはいわなかったわけですね」

「ええ。でも明白です。旦那様の他の店の具合が悪いことは、わたしもうすうす知っておりましたから、これはそろそろ、来るべきものが来るのだなと覚悟いたしました」

「暇を出されることとですね」

「そうです。あの日、旦那様は皆を集めてこうおっしゃいました。〝おまえたちは結託して、鍵を盗み、土蔵の中のお宝をことごとく運び出していった。本来は奉行所に届けるべき筋なのだが、長く働いてくれたゆえ、恩情をかけてやりたい。ついては今すぐ荷物をまとめて出ていけ〟。あんまりなおっしゃりようなので、若い手代などは暴れてやる、といって怒る者もおりましたが、わたしは自分たちのこれからのためにも、くれぐれも旦那様を恨まないようにといい、皆を諌《いさ》めました。何か嫌な予感がしたのです」

番頭は暗い顔になった。そして、

「まさかとは思いますが、もしかして、あの手代が――」

と呟《つぶや》いた。

「ところで――」

桂助は聞き方を変えた。

「ここ何ヶ月の間に主を訪ねてきていた人はいましたか」

「お二人おいでです。お一人は骨董屋のご主人です。旦那様は花生けや文箱、香炉などを求めていたようです。旦那様が骨董屋さんに、〝伊万里や瀬戸、輪島のはねもので、安い桜の絵柄を探してほしい〟、といっていたのを、偶然部屋の前を通りかかって聞いたことがあります。それから、一緒に届けるようにといって、文を渡しているのも目にしました。節約家の旦那様にはめずらしく、どなたかに贈り物をなさるのだなと思い、とても意外でした」

「もう一人は？」

「お若い方でした。名前は知りません。どこぞのお店にご奉公の、たぶん手代さんでしょう」

「出入りの人ではなかった？」

「ええ。たぶん、賭場《とば》で知り合われた方だと思います。旦那様は奉公人の節約と同じくらい、博打がお好きでした。次男坊に生まれたのは不運だったが、博打で儲《もう》けたお金を元手に商いをはじめて、今日の福屋を築いたという話になると、ご機嫌がよかったのです。ですから、ずっと遊び程度には賭場に通われていました。福屋が傾いたのは旦那様の道楽がすぎたせいもあります」

「出入りの人ではなかった、と思われたのは、主の博打好きだけが理由ですか」

「いえ、そのお若い方の着物には、いつも糸くずが絡まってついていました。福屋に糸物問屋の出入りはなかったんです」

「糸物問屋──」

しばし桂助は絶句した。そして、

「ありがとうございました。これで救われる人もいます」

深々と頭を下げると、

「まずは藺屋へ急ごう。お紺さんに加助さんが住んでいるところを聞かなければ」

といって鋼次を促した。

藺屋ではお紺が、

「加助さんなら、お店のご用で八王子の横山宿へ出かけています。とうに帰ってきてなきゃおかしいんですけど……」

不安そうな顔でいった。桂助が、

「出立《しゅったつ》したのは福屋さんが焼ける前の日ではありませんでしたか」

と聞くと、

「そうでした……」

お紺は暗い表情になった。

桂助と鋼次はお紺が教えてくれた、加助が住む長屋へと向かった。その長屋は、鋼次一家のさくら長屋、通称けむし長屋と甲乙つけがたいところで、この近くには紅梅が咲くのか、くれない長屋と呼ばれていた。

戸を開けて中へ入り、用意してきた蠟燭《ろうそく》に火を点《とも》したとたん、

「おっ、何だ、これは」

驚いた鋼次は大声をあげた。

土間にぬるりと油が流れ、割れた陶器の破片が飛び散っている。桂助は、

「先を越されましたが、まだ油は土にしみきっていません。相手がここに現れてからそう間はないと思います。鋼さん、番屋の友田様に知らせてきてください。下手人は福屋善次郎です。善次郎は加助さんの借金を肩代わりし、油などの財を加助に持ち出させておいて、自分だけ逃げのびるつもりだったのですよ。福屋が江戸を出る前につかまえなければ。早くしてください」

と叫んだ。

こうして福屋善次郎はお縄になった。金に窮した福屋は、身代わりにするために加

助を殺して厨に運び、油をまいて店ごと焼いたことを白状した。

またこの計画は町中でおゆうを見かけた時に思いついたもので、昔、自分を裏切ったおゆうの母親お駒を、今でも善次郎は恨んでいたのだという。善次郎には寛容の心は微塵《みじん》もなかった。それで、どうやったら死んだことにして借金を逃れ、お駒の面影のある、憎いおゆうに罪を着せられるかと、一心に考えたのだった。

鍵を隠して土蔵から番頭たちを閉め出したのは、中の油を少しずつ売りさばくためであった。土蔵の裏手にある堀割に小舟をつけさせて、こっそり運び出していたのである。

手伝ったのは加助で、加助は賭場でこしらえた借金がかさみ、首を括《くく》ろうかと思いつめていた時、賭場で福屋と知り合った。善次郎は加助が繭屋のお紺と一緒になることを知り、あの紙入れが三つしかないことを加助から聞いていた。それであれを残しておけば、おゆうがお紺のために加助を庇って罪を被ると考えたのであった。そして、加助は善次郎に命じられるまま、知らずと自分の住む長屋に金子の隠された油壺を運びこんでいた。

火あぶりを覚悟した善次郎は、この加助について、はじめからいずれは始末するつもりだった、だから身代わりとはいい思いつきだったといってのけ、

「わたしは人なんぞのことは爪《つめ》の垢《あか》ほども思いませんし、信じないのでございますよ」

ともいった。

許婚を失い傷心のお紺は国へ帰った。

おゆうは許され、しばらくして桂助は藺屋に呼ばれた。午後の客間の庭からは青々とした葉桜が見えている。すでにもう夏であった。おゆうはせっかく鋼次が励んでくれたのだから、あの房楊枝入り手鞠模様の紙入れは、藺屋で売り出すことに決めたといい、

「あの時わたしは、たまたま訪ねてきた加助さんに渡したのですよ。だってお紺ちゃんと加助さんの店で売ってもらうつもりでしたから。それが福屋さんの手水鉢にあったのだとすると……。お紺ちゃんを悲しませたくなかったのです。せめて、わたしにできるのはこのくらい――」

と洩らした。

「それで何もいわなかった。あなたは優しい人ですね」

思わず桂助はいった。思えば、おそらくおゆうほどの目利きなら、善次郎が付け届けてくる花生けや香炉がはねものであることぐらい、見破っていたにちがいなかった。おゆうは母親の許婚だったという縁だけで、福屋善次郎の窮乏を救うつもりで、あの

夜、福屋に足を向けたのかもしれない。

そのおゆうは首を振って、

「おっかさんのためにきれいな夢をみたかったのです。愚か者でしょうね、わたし」

苦しく微笑みつつ、同意を求めてきた。

うなずいた桂助は、

――愚か者などではありません。やはりあなたは優しい人です――

といいたかったが、なぜか言葉に詰まった。

目を向けている葉桜の陰から、羽根を休めていた燕が飛び立っていった。

# 第二話　朝顔奉公

# 一

夏の暑い盛り、風はなく、陽炎《かげろう》がゆらゆらとたちのぼっている。

――かなわねえや――

房楊枝《ふさようじ》を納めに〈いしゃ・は・くち〉の前まで来た鋼次《こうじ》は、ぐったりした様子で、

――今年の夏は暑くてやりきれねえ――

「桂《けい》さん、いるかい」

と声をかけると、桂助でも志保《しほ》でもない、見知らぬ娘が出てきた。

「あのう、先生、今大変で手が放せないようなので――」

娘は控えめにそういったが、賢そうな切れ長の目には気性の強さを宿していた。

「患者がいるんだろう」

と聞くと相手はうなずき、鋼次は廊下を歩いて薬処《どころ》へ落ち着いた。

「あのわたしは先生のところへ――」

娘は薬処の隣りにある治療処へと廊下を進んで、中へ消えた。

――あれは診療の助手かい？　いつのまに桂さん、雇ったんだろう――

ただでさえ儲《もう》かっていないのに、おかしなことだと鋼次は思った。

——それとも、桂さんは俺《おれ》が志保さんを好いていることを、ほんとうはわかってい
て、志保さんを助手にしないのだろうか。わかんねえよ——

鋼次がぼこぼこと自分の頭を叩きかけると、

「鋼次さん、来てたのね」

志保が濡《ぬ》れた手を拭きながら厨《くりや》から出てきた。

「何だ、いたんじゃねえかよ」

わざと乱暴な口をきくのは、照れ隠しであった。

「手が放せなかったのは、桂さんだけじゃなかったんだ」

うなずいた志保は、

「桂助さんのお手伝いをして、白牛酪《はくぎゅうらく》の寒天をこしらえていたのよ」

「あれはうめえな」

鋼次は歓声をあげかけた。

白牛酪寒は、溶いた白牛酪と一緒に煮た寒天を器に入れ、冷やして固める。練乳に似ている白牛酪には、ほどよい甘さがあって美味であった。白牛酪好きの桂助が、ところてんから思いついたものだった。

「暑い日にはなによりだぜ」

鋼次が楽しく、冷たいつるりとした感触を思い出していると、

「そうはいっても、今の時期は井戸水で冷やさなければならないでしょ。結構骨の折れるものだわ」

志保の言葉には刺《とげ》があった。

——おかしいな。これを作るのはいつも暑い盛りだぜ、前の年だって志保さんは手伝ってた。でも、愚痴なんぞ、いっちゃあ、いなかったぜ——

鋼次は首をかしげかけたが、すぐに、

——わかった、出迎えた娘のことか——

心の中だけで手を打ったつもりだったが、

「なるほど」

と呟《つぶや》いていた。

一方の志保は鋼次に見透かされたのを恥じるかのように、

「そうはいってみたものの、白牛酪寒、苦労して作ってよかったと思ってるのよ。これはきっと、前田様のお氷より美味《おい》しいはずだもの、滋養もあるし——」

といい、話を前田様のお氷に変えた。

前田様のお氷とは、金沢の山中にある氷室《ひむろ》より切りだした氷のことである。これを毎夏、前田家では、氷飛脚《こおりびきゃく》と呼ばれる者たちに江戸へ運ばせ将軍家に献上していた。お氷は江戸の加賀《かが》藩邸を経て江戸城に届けられたので、庶民はこぞってそのお氷道中を納涼も兼ねて見物した。

「今年も結構な人出だったという話よ」

「俺は行かなかったぜ。見物だけじゃ、涼しくならねえしな」

そんな話を二人がしていると、桂助に支えられて一人の男が廊下を通りすぎた。痩せて顔色が悪い。口を歪《ゆが》めているのは、歯抜きの後でまだ痺《しび》れているせいかもしれなかった。髷《まげ》の形は武士である。娘同様、こざっぱりはしていたが、粗末な身なりで、腰に帯びている刀は軽そうに見えた。

途中、後ろに従っているさっきの娘が、

「父の治療をありがとうございました。ここからはわたしがいたします」

といって、桂助に一礼すると、代わって、父親の腕に自分の肩を差し入れた。

「ちょっと待っていてください」

桂助は二人を引き止めると、

「志保さん、お願いします」

うなずいた志保は厨に立ち、ほどなく、白牛酪寒を入れた木桶《きおけ》を風呂敷に包んで持ってきた。志保は、

「井戸水でよく冷やしてあります」

やや、つっけんどんにいい、

「ありがとう」

桂助は志保に礼をいって、娘には、

「味はお口に合わないものかもしれませんが、のどごしがよく滋養があるので、ぜひお父上に差し上げてみてください」

といって手渡した。

桂助は二人を送って、戻ってくると、

「さあ、わたしたちもいただきましょうか」

といい、厨の井戸から麦湯入りの薬缶《やかん》を取り出してきた。桂助について志保も厨へと向かい、やがて、賽《さい》の目に切り揃《そろ》えられた白牛酪寒が小鉢に盛られた。

「こりゃあ、ほんとにうめえ」

鋼次は堪能《たんのう》しつつ、何となく元気のない志保が気になって、

——あの父娘は患者にすぎねえ。桂さんは患者なら、誰にだって、とことん親切に

するんだし、別にどうということはねえ話だ。けど、志保さんはそんなことも面白《おもしろ》くねえときてる。よし、志保さんのために、俺が一肌《ひとはだ》脱ぐとするか――

「ところで桂さん、あの父娘、何者なんだい」

鋼次は白牛酪寒を食べ終わった桂助に聞いた。

「中江《なかえ》様とお幸《こう》さんです。それがどうかしましたか」

桂助はあっさりと答えた。

――いけねえなあ、桂さんの悪い癖だ。やっぱり桂さんは、何もわかっちゃいねえ。これじゃ、若い女が患者でくるたびに、志保さんは針の筵《むしろ》だ。好いてる相手のことは何だって知りてえのが、女ってもんだぜ――

そこで鋼次は、

「あの父娘はしばらくここへ通うのかい」

と聞いた。桂助は曖昧《あいまい》にうなずき、

「お父上の容態次第です。中江様は胃の腑《ふ》に腫瘍《しゅよう》があるようで、そちらの痛みもあるのですが、歯の痛みはそれにも勝る苦しみだということで、お幸さんの勧めでここへ来たのです。お幸さんは、ここでは、痛みを和らげる歯抜きをしている、との噂を聞いていたのだそうです。ただ、むしばは抜いた歯のほかにもあって、痛み出したらまた抜くしかなく、来るようにとはいってあります。ただ、それまで身体《からだ》の方が持つかどうか――」

「まあ、そんなにお悪かったとは――」

二人に対して愛想のなかった志保は、悔いてうなだれた。

それから三日たって、今度はお幸が一人でやってきた。

「先生にお願いがあります」

ときっぱりといい、診療が終わるのを待つとのことだった。

「何かお悩みでもおありなのですか」

志保はお幸にさりげなく聞いた。父親の病いのことだとは見当がついていたが、それにしても思いつめた顔だった。そのお幸は、

「こちらの先生からいただいた白牛酪が、父によく効いているようです。わたしは父にこれを続けさせてやりたいのです。そのためにはお金がいります。何でも、口中医にかかる人の中には、お金持ちがいて、欠けた前歯を接《つ》ぐのに、人の歯でなければ嫌だという人もいると聞いております。人の歯で作った接ぎ歯はたいそうなものだとか――。だから、わたし、先生に前歯を全部抜いて買っていただきたいのです。そのお願いでまいりました」

といった。

当時さし歯は接ぎ歯といい、鯛《たい》などの魚の骨などを加工して作ったが、中にはこれでは飽きたらず、人の歯で欠けた歯を接ぐ富者もいた。

聞いた志保は、みるみる顔をこわばらせて、

「まだそんなに若いのに、前歯をなくすなんて――。だめですよ、そんな――だめですよ、だめ、だめ」

と強くいい、さらに、

「身体も歯もご両親からいただいたもののはずです。それを売るなんて、お父上だってお喜びになりませんよ」

するとお幸は、

「わたしにできることなんて、もう、これしかないのです。お女郎さんになるよりはましだと、父も思ってくれるはずです」

といって引かない。

患者を送って現れた桂助は、

「話は廊下で聞かせてもらいました。志保さんの言うとおりです。若くして前歯を失うと、早くに歯抜けになります。奥歯はむしばになりやすいですから。歯抜けになっ

たら、長くは生きられない。前歯を売るのは、身体を売って病いを得るのと同じなのです」

きっぱりといい切った。

二

お幸はなおも、

「ほんとうはわたし、みなし子なのです。物心ついた時からひとりぼっちでした。放っておかれれば、もっと前に飢え死にしていたか、岡場所にでも売られていたに決まってます。そんなわたしを父は拾い上げてくれて、道場で剣術を教えるだけでは一人食べるのがやっとなのに、この年まで大切に守り育ててくれました。だからその恩に報いたいのです。悔いを残したくありません」

袖《そで》で目を拭った。

それでも桂助は、歯を売りたいという、お幸の願いを聞き届けようとはしなかった。

しまいには、

「たまたま前歯が欠けている方のお身内が亡くなり、亡くなった方の歯で、接ぎ歯を作らせていただいたことはあります。けれども、生きている人の歯を接ぎ歯のために抜いたことはまだありません。これからもするつもりはありません。どうかお引き取りください」

といった。

すごすごと出て行ったお幸の後ろ姿を見送りながら、

「あの娘、諦《あきら》めるでしょうか」

志保は不安を口にした。

「仕方ありませんよ」

桂助にはめずらしく投げやりな言い方だった。

「桂助さん、それで、いいんですか」

「よくはありません。けれども――」

といい残して桂助は出かけた。行き先は繭屋《まゆや》だった。

繭屋では、いよいよ房楊枝入り手鞠《てまり》模様の紙入れを売り出して、注文がひきもきらず、大繁盛が続いていた。

桂助が歯を売ろうとした、気の毒なお幸の話をすると、おゆうは快く力になろうといってくれた。それでてっきり、故郷に帰ったお紺《こん》の代りに繭屋で雇ってくれるもの

と思ったのだったが、おゆうは、

「中江様父娘のご事情、心からご同情申し上げます。それだけに、繭屋でお幸さんに働いていただくのは、ご勘弁願います。と申しますのは、奉公人とはいえ、妹のように思っていたお紺にあのようなことがあって、去られてまだ月日がたっておりません。聞けばお幸さんという方、わたしのように身内の縁の薄い方のようです。また、お紺にも増して、そのお幸さんに思い入れてしまうやもしれません。わたしは、最近やっと前のことを忘れて、また商売に身が入ってきたところなのです」

といって、繭屋で雇うことは断り、その代わりに、知り合いの扇屋京屋《きょうや》をとりもった。

「ここなら安心して働くことができると思います。京屋さんは江戸で一番の扇屋ですが、屋号の通り、縁者が京で扇を商っていたという老舗《しにせ》ですから」

とおゆうはいった。

桂助はお幸の家を訪ねてこの話を伝えた。お幸は、

「ありがとうございます。このご恩は一生忘れません」

泣き崩れた。

京屋から支度金を貰《もら》ったお幸は、その額が多かったので、喜びもあったが、驚いて桂助のところに報告に来た。

「こんなによろしいのでしょうか」

　というお幸に、

「それで白牛酪をもとめ、父上を看てくれる人をつけてあげることです」

　桂助はいった。

　志保は、ややこわばった声で、

「断ったおゆうさんのお詫びも入っているのかもしれませんよ」

　首をかしげた。お幸から聞いた額は、支度金にしてはあまりに多かったからである。

　それと、志保は、大繁盛している上にお紺がいなくなった藺屋で、なぜお幸をすんなり雇い入れることができないのか、おゆうの言い分が納得できないでいた。おゆうは桂助が感じているほどこちらを親しく思わず、商売上のつきあいと割り切っていて、どう言い繕《つくろ》おうが、体《てい》よく断ったとしか思えないのである。

「おゆうさんには優しすぎるところがあるんですよ」

　といった桂助も、

「志保さんみたいな苦労なしには、わかんねえことなのさ」

　と鋼次が桂助に共鳴したのも、わかりかねるのであった。

　ともあれ、お幸は京屋に奉公に出た。付き添いの世話を受けている父親は、惜しみなく白牛酪を摂《と》っていることもあって、日増しによくなっている様子であった。住み込みの付き添いが、時々、お幸の父親中江陽一郎《よういちろう》の容態を、〈いしゃ・は・くち〉まで知らせに来てくれたのである。

「いい方に向かっているのなら、中江様の胃の腑の病いは腫瘍ではなく、爛《ただ》れだったのでしょう。よかった、ほんとうによかった」

しみじみと桂助はいい、喜んだ。

そんなある日、杖を手にした中江が付き添いとともに、〈いしゃ・は・くち〉を訪れた。まだ杖に頼っているとはいえ、顔の色艶がよく、前に来た時とは別人のようであった。通された客間に正座し、

「こちらの先生と孝行な娘のおかげで、生き返ることができました」

深々と頭を下げると、

「何よりなことです」

と桂助が応《こた》えるのを待って、

「この先、何を望むのかと、お叱りを受けそうですが、一つ気になることがござって――」

目を伏せた。

「気になることとは――」

「年季奉公ですので、すぐに帰ってきてくれるとは思っていません。そこで店まで出かけてみたのですが、お幸に会わせてくれないのですよ」

「何か気がかりなことがあって、出かけられたのですか」

桂助がそう聞いたのは、よくなってきているとはいえ、病軀《びょうく》の中江に外歩きはまだまだ辛《つら》いはずだと思ったからであった。ここまで訪ねてきたのも、よほどの思いがあってのことと思われる。

すると中江は懐から文を出してきて、

「お幸が届けてきたものです」

といって、桂助に見せた。

それには父親の具合を案じる言葉とともに、仕事は申しわけないほど楽で、元気にしているから安心してほしいと書かれていた。化粧をせず、浴衣《ゆかた》を着て一日過ごすだけで、他に命じられることは何もないのだとも、文にはあった。

「しかし、浴衣を着ているだけでいいなどという奉公があるものでしょうか。思えば支度金も多すぎる額でした。おかしなことにでもなったら、わたしは断じて許すことができない。浪人をしているとはいえ、これでも武士のはしくれです――」

そういって中江は軽い太刀の柄に手をかけた。

中江が訴えたおかしなこととは、お幸が若いだけに、妾《めかけ》奉公ではないかという疑いだと、桂助にもすぐにわかった。しかし、娘を案じるあまり、中江が疲れきった様子をしていることに気がつくと、

「今のところは店に慣れるためかもしれませんよ。だとしたら支度金ともども店主の恩情でありがたいことです。お幸さんの文にも元気にしているとありました。あれこれ思い悩まずに、あなたは早くお元気になられることが先です」

といって、別の間で待っていた付き添いを呼んだ。中江は付き添いに支えられて帰って行った。

中江と入れ替わりに房楊枝を届けにきた鋼次は話を聞くと、

「浴衣を着て一日ぶらぶらしているだけで、おあしがいただけるとは、結構な仕事じゃねえか。俺はつくづく自分の仕事が嫌になったぜ」

とまずいって、

「けど、扇屋は暑い盛りが一番の景気のはずだぜ。涼をとるにゃあ、川下りでもしねえ限り、扇子《せんす》や団扇《うちわ》が一番と決まってる。猫の手も借りてえぐれえのはずさ。京屋はよく今時分、雇った奉公人を遊ばせておけるもんだ」

頭をかしげた。

居合わせた志保は、

「だから変だって、中江さんが案じていらしたのよ。どう考えてもそんな楽な奉公ありゃしないもの。あるとしたら――」

口ごもったが、

「妾奉公かい」

鋼次はずばりといった。

二人が浅くうなずくと、

「だとしても、もう引き返せないし、仕様がねえんじゃないのかい。それに文には元気にやってる、案じるなと書いてあるんだろ。因果を含められて、本人も妾奉公がわかってるってこともあるぜ」

と鋼次は突き放すようにいった。

三

一方、桂助は、

「そのうち、京屋さんの内々のことを、おゆうさんに聞いてみることにします」

といったものの、歯抜きがたてこんで、すぐには繭屋に出かけていくことができなかった。

そうこうしているうちに、お幸からまた文が届いた。それを読んで以前にも増して思い悩んだ父親は、〈いしゃ・は・くち〉を訪れることができず、代わりに付き添いが中江から文を託されてきた。

お幸の文には、近く髪を切ることになるが、髪ならすぐに伸びるので、歯の時のような心配はいらないと、〈いしゃ・は・くち〉に伝えてほしいと書かれていた。

「たしかに髪は伸びるものでしょうが――」

そういって桂助が口ごもると、

「髪は女の命じゃねえか。尼にでもならねえ限り、女は滅多《めった》に髪を切ったりしねえものだよ」

来ていた鋼次はあけすけにいい、桂助は志保とともにうなずいていた。そして、

「髪を切らなければならない仕事なんて、京屋さんにあるのでしょうか」

真顔で志保に聞いた。志保は、

「京屋さんが髪を切った女を、絵師に扇に描かせて、売ることぐらいしか、思いつき

ません。でも――」

「でも？」

「ざんばら髪の女は幽霊と決まってます」

「そんなもん、好きなやつなんていねえだろうが」

鋼次は決めつけたが、

「幽霊の絵はお寺の掛け軸などに描かれることはありますよ」

「けど、扇屋の京屋が、人を扇に描かせて売るんなら美人だよ。そいつなら見たことがあらあな。幽霊を描かせて売る、なんてこと、あるわけねえ」

「でも――」

鋼次の言葉に志保は首をかしげて、

「好む人は多くないでしょうが、幽霊を描いた扇を欲しい、とおっしゃる変わった方がお武家の中にはおいでになるかも。その方がお上のお偉い方なら、京屋さんでも、何とかしようと思うかもしれません」

そこで桂助は、

「しかし、そのためにわざわざふさわしい娘を、奉公人に雇うでしょうか。売り出し品のためならいざしらず、扇一枚のために、人一人を抱えるとは思いがたいですね。

絵師に頼んで見つけてもらった方がずっと楽です」

「そういえばそうですね」

うなずいた志保は、

「あと、思いつくのはかもじです。京屋さんにお嬢さんがいらして、髪が抜ける病いにかかられているとか――。けれど、これも、今、桂助さんがおっしゃった通り、何も奉公人を雇ってその髪を切らせなくても、お金を出せばいくらでも、つやつやした黒髪が手に入るはずです。わかりません。ただ、それだけにお幸さんが心配です」

案じるため息をついた。

その後、桂助は前に届けられた文を出してきて、届けられたばかりものと見比べはじめた。

「うーむ、なるほど」

と独り言を洩らしてから、もう一度各々の文を読み上げ、

「これらの文にはお幸さんの不安がこめられている、とわたしは思います。お幸さんはこれらが誰かの目に触れることがあるかもしれない、とわかっていて、そうなった時にいいのがれができるように、言葉を選んで書いているのです。浴衣の時にはそこまではっきりわかりませんでした、不明を恥じます。けれども今度はすぐにわかりま

した」

　といった。

　聞いた鋼次は目を白黒させて、

「何だ、何だ、桂さん、俺にはいってることがさっぱりわかんねえぜ。おおかたこの悪い頭のせいなんだろうが」

　癖で自分の頭をごんごんと叩いた。

　志保の方は桂助の手にあった文を手渡してもらうと、また熱心に目で読み、あっと声をあげた。

「わかったわ。前のでは浴衣と化粧だったのね」

「そうです」

　桂助はうなずいた。

「どういうことだい」

　鋼次は半ばむくれた。

「浴衣を着ているだけでぶらぶらしていていい仕事なのに、化粧をしなくていい、というのはおかしなことだからです」

　と志保は説明し、さらに、

「もし中江さんやわたしたちがはじめに思ったようなことなら、夏だから浴衣姿が喜ばれるかもしれないけど、化粧をしないでいいなんてことはあり得ないんじゃないのかしら。そのおかしさに気がついてほしくて、お幸さんはこれを書いたのよ」

「ふーん、そうだったか」

しぶしぶうなずいた鋼次は、

「悪いが志保さん、もう一度今届いた文を読んで聞かせてくれよ」

と頼んだ。

志保がうなずいて繰り返すと、

「やっと俺にもわかったぜ」

と鋼次はいい、

「今度のは〈いしゃ・は・くち〉が鍵だな。ここへ報《しら》せてくれってえことは、よほどのことなんだ。もとより、髪は伸びるものだからなんて、思っちゃいねえ。そう書いとかないと、もし見つかった時、何をされるかわからねえからじゃねえのか」

大きくうなずいた桂助は、

「髪だから歯のときのように案じることはない、と書かれているのも、まだ歯を何本か失う歯抜きの方がましで、髪を切られることの裏には、命に関わる大事があるのではないかとわたしは思っています。仕事のお世話をおゆうさんに頼んだのはわたしですから、責めを感じています」

　と暗い目になった。そして、

「さっき届けてきた付き添いの方に、誰が中江さんまで届けたのか、聞いておきました。はじめのは京屋の奉公人だったそうですが、今度は見も知らぬ大工さんだったとのことです。幸い、名前は聞いてくれていました。わたしはこれからその大工さんに会ってきます」

　といって立ち上がり、

「俺も行くぜ」

　鋼次は後に従った。

　夕刻であった。道行く家々には灯《とも》りが点りはじめている。夕餉《ゆうげ》のおかずを煮る香ばしい匂いもこぼれてきていた。てんぷらなどを売る、煮売り屋の屋台も華やいで見える。

　京屋にいるお幸の文を届けたというその大工は長屋に帰っていて、女房、子どもとともにいわしの煮付けを食べているところであった。

　それもあってか、こちらが届けた文について話を聞きたいというと、路地には出て

きたものの、相手は露骨に迷惑そうな顔であった。鋼次ほどの年格好のその大工は、

「親切で届けてやったんだ。めんどうなことに巻き込まれる筋はねえぞ」

と大声でどなってきた。

桂助は自分たちは役人などではなく、文を書いた娘の身内の者で、親切をありがたく思っているといい、いくばくかの礼を包んで渡し、

「あなたに文を届けてくれと頼んだ娘はどんな様子でしたか」

と聞いた。

すると、

「娘は京屋に奉公してるのかい」

と聞いてきて、二人がうなずくと、

「それほどあの娘のことを気にかけてるんなら、あそこにはもうおいとかねえことだな。ざんばらに髪を切った娘が浴衣を着て毎日裏庭に立ってた。紙みてえに青い顔だったぜ。俺はこのところ、日本橋から芝口《しばぐち》近くの神社に通って仕事をしているんで、京屋の裏を通るのが近道なんだ。それでいつも朝立ってる娘を見ることになった。断っとくが、はじめから娘に気をとられたんじゃねえ。京屋の裏庭の朝顔さ。俺は朝顔が好きでね、特に京屋のは豪勢でよかった。朝ぱっと勢いよく開く花の気《き》っ風《ぷ》の良さ

が何ともいえねえのよ。それで通るたびに見惚《みと》れてた。そのうち、立ってる娘が何やら思いつめた様子なのに気がついた。目が合うようにもなったが、わざとそらしたね。大工京屋に限らず、お大尽《だいじん》ともなると、いろいろわけありだと聞いていたからだよ。大工風情《ふぜい》が関わり合うことでもねえだろう」

そこで一度相手は言葉を切り、

「それが今日の朝、娘は俺に向かって文を投げてきたんだ。文には宛名が書いてあって、見ると長屋じゃねえか。急に可哀想《かわいそう》になってね。俺を見る娘の目も必死だったし。それで柄にもねえ、妙な親切心が起きちまったってえわけだよ」

といい、さらに、

「悪いことはいわねえ。何があったのかは知らねえが、早くあそこからかっさらってきな――」

四

〈いしゃ・は・くち〉に戻って、この話を志保に告げると、

「通りがかった人に文を投げてよこすなんて、やっぱりいつも見張られてるんですね。

このままだとお幸さん、どうにかなってしまうんじゃあ――。その大工さんのいう通りです。番屋に知らせて、早く助け出してあげてください」

といった。

鋼次は、

「志保さんの気持ちはわかる。だが、無理だぜ」

「どうしてです？　お幸さんは京屋に閉じこめられて、おかしな振る舞いをさせられてるじゃありませんか」

「けど、かどわかしにはならねえだろう。支度金もたんともらったんだし、殴る蹴るのひどい目に遭ってるわけでもなさそうだ」

「でも大工さんの話では、青い顔をして弱々しく訴えていたんでしょう。お幸さんは普段、血色のいい、気性の勝った明るい娘さんですよ」

それでも鋼次は、

「何より間に繭屋のおゆうさんが入ってる。繭屋は老舗でこそねえが、とにかく繁盛してる。いうまでもねえことだが、商いとお上は賄賂《わいろ》でつながってる。それで、繭屋が京屋に奉公人を取り持ったとなりゃあ、まちげえねえ、こりゃあ、うっかり手は出せねえと引くだろうさ」

といい、さらに、

「それに、京屋といやあ、江戸一の扇屋の老舗だ。おおそれながらと番屋に訴えて出ても、夢でも見たんじゃねえか、といわれるのがおちさ。お幸さんが出してきた文も、証《あかし》にはならねえだろう。達者を知らせる文だろうと決めつけて、俺たちが気がついた裏なんぞ、話してもわかってなんてくれるもんか。そうなりゃ、お幸さんの身はなおのこと危ねえじゃねえか。そこのところをよく考えねえとな。だから貧乏人は辛《つれ》えんだよ」

怒りをこめつつ、しんみりといった。

一方の桂助は、

「わからないのはお幸さんを雇い、浴衣を着せて髪を切らせ、毎日、朝顔の咲く裏庭に立たせていることです。京屋さんでは何の目的でそんなことをしているのか――。それがわかれば、助ける手だてもあるかもしれません」

首をかしげた。

鋼次は、

「わかんねえ。これが厚化粧で夕方となりゃあ、客引きなんだが。京屋の裏庭で客引きもねえだろう」

「朝顔と関わりがあるのかしら」

呟きかけた志保に、桂助は、

「京屋さんのご主人の朝顔道楽は知られていますよ。何でも変わった花をつける、何種もの朝顔を集めておられるとか——。桔梗《ききょう》や牡丹《ぼたん》のように咲くものから、花びらが巻いていて石畳のように見えるもの、柳の葉そっくりの花をつけるもの、丸い玉のように咲くもの、さまざまだと聞きました」

といった。

「へえ、そうなのかい。いっぺん京屋の扇を拝んだことがあるが、絵柄の朝顔は普段見るのと変わらねえ、どうってことのねえ代物だったぜ」

鋼次が応えると、桂助は、

「めったにない種を集めるから道楽なのですよ。扇は日々使われる物です。その商いともなれば、一人でも多くの人が知っていて、有り難がったり、愛《め》でたりできるものが描かれていないと、親しみが持てません。主《あるじ》の道楽を押しつけては商いにならないのですよ」

めったにないことだが、呉服の大店《おおだな》藤屋《ふじや》の若旦那らしいことをいい、さらに、

「ですから京屋さんのご主人は、道楽をおおっぴらにするのが気が引けていて、裏庭

でこっそり楽しんでいるのだと思います。このことを知っているのは、おそらく、おかみさんと店の人たち、朝顔を道楽にしているお仲間の方々だけだと思います。そして、こうした秘密の裏庭にお幸さんを立たせるのは、知っているこの人たちのなかの誰かに、その姿を見せたいからなのではないかと、はじめは思ったのです」

胸にあったものを口にした。

「見せるってえたって、まさか、店の者やおかみさんなんぞじゃねえだろう」

鋼次の言葉に桂助はうなずき、

「それから京屋さんの道楽のお仲間だとすれば年配の方々でしょう。そういう方々お相手に酔狂《すいきょう》で見せるには、化粧っ気のない顔に切ったざんばら髪の娘というのは、おかしなものです。幽霊に仕立てたとして、夕暮れ時の夕顔とならまだしも、ご自慢の朝顔とは取り合わせが悪い――」

聞いていた志保は、

「そうするとその相手は、通りかかった大工さんのように、朝そこを通る人ですね。朝顔は昼前には花を閉じてしまいますから」

と合点した。

「けど、何でそんなおかしなことをしなきゃ、ならねえんだい。やっぱりわからねえじゃねえか」

鋼次は頭を叩く気力も失せた様子であった。

「それをこれから突き止めに行くのですよ」

桂助は言いきり、翌日から朝の京屋通いがはじまった。

「俺もつきあうぜ」

といった鋼次は眠い目をこすりながらついてきた。いつお幸が姿を現すものかわからないので、まだ暗いうちから出てきていたのである。

京屋の裏庭は、土を盛り上げて見晴らしよく造られていた。竹で編まれた垣根に、何種類もの朝顔が蔓《つる》を巻き付けている。形がさまざまなのは知っていたが、色もまた紅、白、青はもとより、紫、桃色、斑《まだら》模様などあって、鮮やかに咲きそろい、百花《ひゃっか》繚乱《りょうらん》とはまさにこのことであった。

二人は他の奉公人に見られてはならないと、はす向かいの家の蔭に潜んだ。そこからは朝顔の咲く京屋の裏庭がよく見えた。

――桂さんのいう通りだ。たしかにこれに切ったざんばら髪の娘は似合わねえ。これだけ花を丹精《たんせい》しておきながら、ひでえこともするってえんだから、つくづく金持ちはわかんねえもんだ――

などと鋼次が思っていると、道を歩いてくる若い町人姿の男が目にはいった。こちらに近づいてくる。男は京屋の裏庭の前で立ち止まると、あたりを窺って、桂助たちが潜む家の反対側の路地前に陣取った。

――こいつはいったい何者なんだい――

切ったざんばら髪のお幸が浴衣を着て現れた。距離があり、もう少し近づかないと、大工がいった通り、青い浮かない顔をしているかどうかまではわからない。

鋼次が道まで出ようとすると、桂助が止めた。桂助は路地に潜んでいる男の様子を見ていた。男は熱心にお幸の姿を見つめている。

「お嬢様」

そう男が叫んで道に飛び出すと、桂助と鋼次もそれに続いた。

男は裏庭に立っているお幸のほぼ真向かいまで走った。

「お嬢様、松吉《まつきち》です」

ここまで来るとお幸の顔が見えた。お幸は驚いて松吉と名乗る相手を見つめている。

相手は、

「お忘れですか、わたしは松吉です」

といい、

なおも、

「情けない。わたしが松吉なのがもうおわかりにならないのですか」

ぼろぼろと涙をこぼした。

「松吉――」

お幸は首をかしげながら呟くと、目だけでうなずき、素早く浴衣の袂《たもと》から畳んだ文を投げた。飛びつくように鋼次が拾って、懐に入れた。

お幸はそれを見届けて、ほっとした様子であったが、見張られていて、すぐに中から何か指示があったのだろう、踵《きびす》を返して姿を消した。

桂助は、

「松吉さん――」

声をかけたが、松吉は二人を見ると、京屋の者だと思ったのだろう、さっと青ざめ、

「お許しください、お許しください」

と繰り返して走り去った。

その後、二人はどこに目があるとも限らないので、再びもといた家の蔭に身を潜めた。病いの重い父親を案じてのことだろう、文の宛名は〈いしゃ・は・くち〉になっていた。追いつめられているお幸は、ここを通りかかる人の情にすがろうと、袂に文

を隠し持っていたにちがいなかった。

文には今までのような取り繕う言葉はいっさいなかった。朝顔の前に立つ時着るようにいわれている浴衣は、紺地の白い朝顔で、これとそっくり同じ絵柄のものが先だっての大風の時、どこからか飛んで来て、庭の木の枝にひっかかっているのを見たのだという。これは、自分と同じ身の上の人が、この家のどこかに住まわされているからではないかと記してあった。

# 五

このいきさつを聞いた鋼次は、

「お幸さんはみなし子だった。だとしたら、双子《ふたご》で生まれて、わけあって、お幸さんの方は捨てられたんだよ。けど、〝お嬢様〟で育った方に何かあって、それで引き取ることにした、ってえ話、ありそうだぜ。松吉は、きっと、その〝お嬢様〟と恋仲だったのさ」

といったが、桂助は、

「松吉さんが〝お嬢様〟と恋仲だったのはまちがいありません。けれども、お幸さんがその〝お嬢様〟と双子の姉妹だとは思えません。双子だとしたら、お幸さんもお嬢様のはずです。大事なお嬢様に化粧もさせず、髪を切らせ、朝顔の前に立たせるとは思えません。よく似た顔を利用されたのです」

反論して、手にしているお幸が投げてきた文を、再び食い入るように見つめた。そして、

「けど、お幸さん、まるで病人みたいに元気がなかったぜ。哀れでなんねぇ」

呟く鋼次の言葉に深々とうなずくと、

「そうでしたね。これは早くしないと取り返しのつかないことになります」

といった。

走り去っていった男は〝松吉〟という名前であること以外、どこの何者かはわからなかった。

聞いていた志保は、

「〝松吉〟という人は、朝顔が咲く頃に、お幸さんの〝お嬢様〟が姿を見せることを、どうして知っていたのかしら」

首をかしげた。

するとと桂助は、

「裏庭と朝顔に〝松吉〟の思いがあったのではないかと思います。〝お嬢様〟との思い出といってもいいでしょう。お幸さんを裏庭に立たせているのはそのことを知っている人にちがいありません」

「ということはその人は〝お嬢様〟と親しい間柄の方ですね」

志保は憤った口調でいい、うなずいた桂助は、

「その人は〝松吉〟が必ずここへ現れるだろうと察し、〝お嬢様〟ではないお幸さんを見せて、もう以前の〝お嬢様〟ではないんだとわからせ、諦めさせるつもりだったのですよ」

「以前の〝お嬢様〟ではないってえのは？」

「病いですよ。おそらく〝お嬢様〟は重い気鬱《きうつ》で伏せっているはずです。京屋ではそのことを、〝松吉〟にほんとうにそうなんだ、とわからせたかったのだと思います」

「わからねえな。そんなことのためなら、わざわざお幸さんを使うことはねえだろう。気鬱の〝お嬢様〟を会わせりゃ、すむ。おかしくてなんねえや」

その言葉にうなずいた桂助は、

「それを知るには、まずは〝松吉〟さんを探しあてないと無理ですよ」

といい、

「〝松吉〟なんて名、めずらしくもねえ。そこら中に転がってるぜ」

鋼次がむっつり言いきると、

「〝松吉〟さんは〝お嬢様〟といいました。ということは、どこぞの店の奉公人です。どこかで知り合った仲ということもあり得るでしょうが、京屋に出入りしていたという方が、出会いが自然です。出入りの人で裏庭の朝顔を知っていて、親しみも思い出もあるとなると、仕事は限られてきますね」

桂助はいい、

「植木職か種屋さんだわ」

志保が言い当て、鋼次は、

「よし、わかった」

とうなずき、

「植木や種といやあ、染井《そめい》のあたりと決まってる。あのあたりに松吉という名の植木職人か、種屋の奉公人がいないか、ちょいと調べてくらあな。俺にまかせてくれ」

立ち上がった。

鋼次が松吉探しをする間、桂助はおゆうを訪ねることにした。いつもの風情のある客間に通された。青々とした葉をつけている桜の巨木は、まばゆい陽の光とともに簾《すだれ》で隠されていた。薄暗い部屋の中は、香炉《こうろ》からゆるゆると煙がたちのぼっている。心を落ち着かせてくれる、しっとりとした香りだった。簾と香り、どちらも心地のよいものではあった。しかし、桂助は、晴れようのないおゆうの心の翳《かげ》りを感じた。

――強がってはいるものの、おゆうさんはきっとまだ悲しいのだろう――

桂助はそのおゆうに、まずは、切ったざんばら髪の浴衣姿で朝顔の前に立たせられている、お幸の奉公ぶりを話した。

「まあ、わたしとしたことが――。京屋さんを取り持たせていただいたのは、とんでもない過ちであったかもしれないのですね。何とお詫びしていいか――」

美しい眉をひそめた。そして、

「ただ一つだけ申し開きさせていただきます。京屋七兵衛《しちべえ》さんはおだやかな奉公人思いの方ですよ。風流人で朝顔もお好きですが、手ずからお描きになる扇の絵も評判を呼んでいます。そんな方が奉公人に悪事を働くとは思えないのです」

「お内儀《ないぎ》さんはどんな方ですか」

「おとよさんのことですね。幼い頃から京屋に奉公していた方で、前のお内儀さんを看取《みと》った後、後添えに迎えられたとお聞きしました。おとよさんは若く、七兵衛さんとは年が離れています。七つになるお子さんがいらっしゃいます」

「京屋さんに他にお子さんは？」

「前の方との間にお嬢さんの美弥《みや》さんがおられます。ただこの美弥さんは昨年、書き置きを残して家を出たそうです。何でも決まっていた婿取りが急に嫌になったのだと、書き置きがあったとか――。他に好きな人ができて駆け落ちしたのだと、京屋さんでは嘆いておられました」

「おとよさんの生んだお子さんは男の子ですか」

「ええ」

「それでは跡継ぎですね」

「そうでしょう。それも年をとってやっと得た跡継ぎなので、七兵衛さんはうれしくて、目の中に入れても痛くないほどの可愛《かわい》がりようです」

「ところで――」

ここが肝心なのだと桂助は気を引き締めた。そして、朝顔の前に立たせられるお幸を案じるあまり、京屋の裏庭まで出向き、〝松吉〟に遭った話をした。その際お幸が投げてきた文についても触れた。

「たしかにそれはおかしな話ですね」

おゆうは一度はうなずいたが、

「でも、美弥さんが京屋に帰っていて、駆け落ち相手の〝松吉〟が追ってきたということだってありはしませんか。京屋では美弥さんが〝松吉〟に半ば愛想をつかしているものの、まだ未練もあることがわかっているので、情に流されてはとご本人を出さず、お幸さんに一芝居打ってもらったのではないでしょうか」

ともいい、桂助は、

「それはあなたが〝松吉〟に会っていないからです。わたしには〝松吉〟は、とてもそんな風には見えませんでした」

きっぱりと言いきった。

その頃、鋼次は染井界隈《かいわい》をせわしく聞き歩いていた。ここには鉢物が各店ごとに並べられ、〝庭〟と呼ばれて、観賞を兼ねて人々が集まってきていた。そんな中を足を棒にして夕刻まで聞き歩き、やっと〝松吉〟の身元が知れた。〝松吉〟は滝野川《たきのがわ》の種屋〝たけい〟の手代であった。

店のひけるのを待って、この松吉に会って聞くと、

「わたしと美弥お嬢様は朝顔の縁で親しくなりました。朝顔好きな京屋の旦那様は新種には目がなく、珍しい種があると、必ず持参するようにいわれていました。美弥さんも旦那様に負けず劣らずの朝顔好きで、気がついてみると、わたしは京屋に行きた

くて、新しい種がないか、できないか、どこからかそういう話は流れてこないかと、いつも思うようになっていたのです。朝顔は夏のものですが、咲く花の様子を写した絵さえあれば、それを持参して、いつでも種の話をすることができたのです。そのうちに、わたしたちが想い合っているとわかると、旦那様はわたしを婿にしてもいい、とおっしゃってくださるようになったのです。舞扇、能扇、茶扇などをつくる扇屋は、風雅《ふうが》、典雅《てんが》を売る仕事で、美弥さんには旦那様譲りのものがありました。絵がお上手でした。わたしには固く商いを守ってほしい、と旦那様はいわれたのです。ところが――」

そこで松吉は一度言葉を切って、悲しげな表情になったが、何とか自分を励まして、

「旦那様は変わってしまわれたのです。お内儀さんとの間に生まれた男の子が可愛い盛りになってからでした。だんだんわたしは京屋に呼ばれなくなり、美弥さんとは外で会うしかなくなりました。その美弥さんから、旦那様がわたしたちのことを許さないと言いだしている、出入りの種屋を変えたと聞いた時は驚きました。美弥さんが駆け落ちしたと知らされたのは、今から半年ほど前のことでした。それからわたしはその時の様子などが知りたくて、何度も京屋へ足を運びました。どんなことがあっても夫婦になろうと誓いあった美弥さんが、駆け落ちをするとは、とても信じられなかっ

たからです。けれども旦那様に会っていただけず、お内儀さんも出てきてはくださらず、いつでも門前払いでした。とうとう最後は番頭さんに、これ以上うろうろすると、商いの邪魔をしたとして、お上に訴えるとまでいわれました。帰りには、番頭さんが雇った与太者《よたもの》に殴る蹴るの目に合う有り様でした」

# 六

——こりゃあ、また、ひでえ話だ——

鋼次は心底相手に同情していた。

「そうか、そんなわけであんたはいつも、京屋が気がかりだったんだな。けど、どうしてその美弥さんとやらが京屋に帰ってきてる、ってわかったんだい」

聞かれた松吉は、

「半月ほど前のことでした。京屋さんから文が届いたのです。美弥さんは帰ってきてはいるが、重い気鬱の病いを得ていて、思い出せるのは裏庭の朝顔だけのようだ、というような中身の文でした」

「それであんたは恋しさで、思い出してもらいてえ一心で裏庭へ行った——」

――どう見ても罠《わな》じゃねえかよ。どうして気がつかねえのか、しっかりしろよ。だが待てよ、命がけで人を好くってえことは、案外、そんなもんなのかもしれねえ――

そう思って見ると、鋼次は、撫《な》で肩のやさ男である松吉が、急に頼もしく男らしく見えてきた。

――かなわねえな。松吉にじゃねえ、松吉が抱きしめてるものにだよ。まだまだ、かなわねえ――

その松吉は、

「いてもたってもいられずに、文が来た次の日から毎朝通って、前の家の路地に隠れていました。どんなにすぐ声をかけたかったか――。でも、文には会って話していいとまでは書いてありませんでした。うっかり声をかけて、美弥さんが旦那様などから、きつく叱られるようなことがあってはと、わたしは案じました。それで、ずっと遠くから見ているだけだったのです。でも、今日という今日は、もう我慢ができなくて――」

といった。

聞いていた鋼次は、

「けど、いくらあんたが想い続けてたって、向こうはもう忘れてるってことだって、あるんじゃないのかい。そもそもが駆け落ちでいなくなったんだろうが――」

一言いわずにはいられなかった。

――まさか、おまえが嫌になって逃げ出したかもしれないなんて、いえるものかね
――

松吉はねつけ、

「それに駆け落ちだったとしても、美弥さんは悪くありません。今までわたしと一緒になっていいといっていた旦那様が、急にだめだと言いだして、優しい美弥さんは心を痛めていたのです。旦那様とわたしとの板挟みになって、美弥さんは疲れきってしまい、逃げ出したくなったのでしょうから」

「信じられません」

切ったざんばら髪のお幸を、変わってしまった美弥だと思いこんでいて、

「見かけたところ、面《おも》やつれがひどく、たしかに気鬱が重いようでした。でも美弥さんは美弥さんです。変わりはありません。わたしは美弥さんを、元通りの明るい美弥さんにしてあげたいのです」

と言いきった。

一方、桂助はまだ藺屋に居座っていた。時折、店にも呼ばれるおゆうは、忙しく立

ち働いている。店の料理番は早速、初物の松茸を買いに行かされ、主自ら厨に入って、桂助のために夕餉をととのえていた。

「まあ、うれしいこと。ゆっくりしていただけるとわかっておりましたら、昨日から用意をさせましたのに」

おゆうは頬《ほお》を染めた。

桂助は〈いしゃ・は・くち〉を休診にして出てきていた。何としてもおゆうに聞き届けてほしいことがあったからである。

そんな桂助の胸中を察してか、

「先ほどは差し出口で、お気持ちに触ることを申してしまいました。先生にはあの福《ふく》屋《や》のことで、並々ならぬお世話になり、下手人《げしゅにん》にされるところをお救いいただきました。先生がおられなかったら、今頃わたしはここに、この世にいなかったかもわかりません。下手人として死を賜り、地獄へ落とされ、火で焼かれ針で刺される、辛く苦しい亡者《もうじゃ》の日々を送っていたかもしれないのです。ですから、どうか何なりとわたしでできることを、お申しつけいただければと思っています」

とおゆうはいった。

そこで桂助は、

「会ったことのない〝松吉〟を信じるのではなく、わたしを信じていただければと思っています」

といい、お幸の文をまた示して、

「わたしは父上である中江さんのためにも、お幸さんを救わなければなりません。それにはもう時があまりない気がします。そこでお願いなのです」

談判をはじめた。話を聞き終わったおゆうは、

「先生は京屋さんにお出向きになりたいと、おっしゃるのですね」

と困惑げにまずいい、

「そしてお泊まりになりたいのですね」

さらに困惑の度合いが増した。

桂助は、

「京屋さんのご夫婦は、跡継ぎの男の子を溺愛《できあい》するあまり、普通でなくなってしまったのだと思います。京屋の七兵衛さんはご自分で決めておきながら、お嬢さんの美弥さんの婿に松吉さんを迎えることが嫌になったのです。先々、跡継ぎのわが子が二人に気兼ねなどするのではと案じたのでしょう。もちろん、これは七兵衛さんお一人のお気持ではありません。美弥さんとはなさぬ仲である、お内儀さんに強く乞われての

お考えだと思います。七兵衛さんは老い先短い身で、血を分けたわが子の行く末について乞われ、ついついうなずいてしまったのでしょうね」

そこで一度言葉を切って、

「おそらく美弥さんは、駆け落ちなどしてはいないでしょう。家のどこかに無理やり囚《とら》われているはずです。七兵衛さんは、二人を引き離し、諦めさせるつもりで、美弥さんを家に閉じこめたのでしょう。ところで、おゆうさん、美弥さんが駆け落ちしたことは、どなたからお聞きになったのですか」

と聞き、

「およよさんからです」

おゆうが答えると、

「思った通りでした。駆け落ちしたことは、諦めさせたい松吉さんにだけにつけばいい嘘《うそ》でしょう。家の恥ですから、普通は広く世間に話したりしないものです。ということは――」

「先生」

ぎょっとしたおゆうは悲鳴のような声をあげ、

「およよさんがまさか――」

といって絶句した。

桂助はうなずき、

「このままでは、お嬢さんはもとより、身代わりをしているお幸さんの命も危うくなります。ですから、どうか、さきほどのお願い、お聞き届けくださいますように」

と頭を下げた。

「わかりました」

答えたおゆうは青ざめたまま、美しい眉を寄せて、しばし思案している様子だったが、

「一つだけいい案を思いつきました」

といって、すぐに京屋まで使いを走らせた。

そして、使いの者が京屋から返事の文をもらって戻ってくると、桂助に、

「上手《うま》くいきました」

まず知らせて、

「子どもの歯を診るよい口中医が知り合いにいる、子どもの房楊枝もその先生から買うことができると申し上げました。おとよさんはそれはお子さん思いですから、乗ってくるとは思ったのですが、その通りでした。今、七つになる男の子は歯が生え

かわる時で、痒《かゆ》がってならず、眠れぬほどだそうです。このところ熱が出ていて、他のお医者にかかっているのだが熱が引かないと案じていました。是非《ぜひ》おいでいただきたいとおっしゃっています」

「そうですか、それでは——」

　立ち上がりかけた桂助を、

「明日、朝お願いしたいとのことです」

　おゆうは制した。

「明日、朝ですか——」

　桂助は苦い顔になった。

「朝ではいけませんか」

「皆さんが寝入る夜を待たねばなりませんから——。それに朝からということになると、泊まる口実をつけにくいと案じたのです」

　するとおゆうは、

「でしたら、わたしがご一緒いたしましょう。京屋さんとは親しくしておりますので、何とか話をつなぐことができるかもしれません。それにわたし、七兵衛さんがいくらわが子可愛さでも、そんなひどいことに手を貸していて、平気でいられるような方だとは、どうしても思えないのです。二人になって話を聞いてみたいのです。もしかしたら、事情を話してくれるかもしれません」

といった。

「心強いです。ありがとうございます」

桂助が深々と頭を下げると、あわてたおゆうは、

「先生、何をなさるんです。どうか頭を上げてくださいませ。ほんの少しの恩返しでございますよ。わたしにできることなんか、ほんとうにこんなことぐらいで心苦しくて——」

なぜかまた頬を染めた。

翌朝、桂助は鋼次を伴い、途中でおゆうと落ち合って京屋へと向かった。

昨夜、藤屋から帰った桂助を、鋼次が松吉とともに待っていた。桂助は松吉に一部始終を話して聞かせた。松吉は現れた美弥が実はお幸だと知らされて驚いたが、

「わたしに諦めさせるのがねらいなら、わたしが諦めないうちは、お幸さんという人に害はないということになりますね。それでは明日、わたしは今日の朝のように、美弥さん、いやお幸さんの前に姿を見せに行きます」

といい、今日も朝、京屋の裏庭に通って行ったはずであった。松吉は大声でお幸に

話しかけた後、去ったふりをしてまわり道をして戻り、いつもの家の蔭に夜まで潜んでいることになっている。

京屋は典雅なたたずまいの落ち着いた店であった。店先にたっぷりと打たれている水が涼やかで、行灯《あんどん》づくりと切り込みづくり、二種の朝顔鉢がさりげなく置かれている。花の色は誰にでも馴染《なじ》みのある、青と赤である。

行灯づくりとは、鉢に割った竹をぐるりと立て、そこに苗を植え込んでつるを絡《から》ませてたくさんの花を咲かせるもので、竹を使わず、つるを摘みながら大輪の花を咲かせるのが切り込みづくりであった。どちらも江戸っ子たちに人気で親しまれていた。

店先に座り、自分が描いた扇の朝顔をながめて待っていた京屋七兵衛は、

「よくおいでになってくださいました。さぞやお暑かったでしょう。まずは朝茶などお召し上がりくださいませ」

品のいい初老の顔を桂助たちに向けた。優しい笑顔が似合い、とてもこの人物が、娘を閉じこめている鬼のような父親には見えなかった。

――桂さんのいってるこたあ、ほんとなんだろうか――

鋼次は心の中で首をかしげた。

# 七

女房のおとよが現れて挨拶をした。おとよは、朝顔模様の絽《ろ》の着物に白地の綴《つづ》れ帯を締めていた。色は白いが、目の細い痩せぎすの中年増《ちゅうどしま》である。愛想笑いを絶やさないので、細い目が線のように見え、そこから意地悪な光が洩れてくるように感じられた。

鋼次は大奥で見た、気位の高さが塊になったようなお女中たちを思い出した。

――怖《こえ》えなあ、俺はこの手は苦手なんだ――

身震いさえ出て、それでつい心細くなり、

「朝茶って何だよ」

店の中へ通され、客間へと続く廊下を歩く途中、小声で桂助に囁《ささや》いた。

朝茶とは打ち水同様、夏のもてなしの一つで、簡素な朝食のことである。千利休《せんのりきゅう》が極めた茶の極意でもあった。京に縁戚《えんせき》が多いという京屋らしい、雅《みやび》なはからいともいえた。

だが、相手は鋼次である。桂助は、

「なるべくゆっくり食べてください」

やはり小声で囁き返した。

朝茶の間、おゆうは七兵衛相手に店先の朝顔を褒《ほ》めちぎり、自分の家の庭の桜の話などした。そして、

「京屋さんは朝顔がどの花よりもお好きだと聞いています。わたしが桜が好きで花道楽をしたように、きっと素晴らしい逸品をお持ちなのでしょうね」

と水を向けると、七兵衛は、

「これは道楽者同士。見透かされておりますな」

とうれしそうに笑い、

「それではこの後、裏庭などご案内いたしましょう」

七兵衛がそういった時、鋼次は咄嗟《とっさ》に女房のおとよを見た。七兵衛は気づいていなかったが、笑っていないおとよの目はぎらりと光って、刃物のような鋭さで夫を睨《にら》みつけていた。やっと気がついた七兵衛は急にしょんぼりしてしまい、許しを乞う犬のような表情でおとよの方を見た。そして、

「おまえの都合でよいのだけれど」

などといいかけ、おとよは、

「裏にこそあれ、亭主が好きな赤烏帽子《あかえぼし》なんでございましょうが、ほんとうに見事な庭だと思っております。どうか、ごらんくださいませ」

また糸の目になって取り繕った。

——ここまではおゆうさんの筋書き通りだが、大丈夫かよ。こりゃあ、すげえ女だぜ——

香《こう》の物中心のおかずで朝茶が終わると、いよいよ子どもの口を診ることになった。

桂助と鋼次は子どもの部屋へと案内された。

おとよは子どものいる部屋に桂助と鋼次を案内すると、

「ではお願いします」

といって、そそくさと廊下を裏庭へと歩いて行った。七兵衛の変化朝顔を見たがっているおゆうには、

「朝露でせっかくのお召し物が汚れるといけません。わたしが先に見てきましょう」

といって足止めしていたのである。

部屋の中の男の子はまだ起こしてもらえず、蚊帳《かや》の中にいた。

蚊帳の中には歌留多《かるた》や駒、竹とんぼなど、こどものおもちゃが散乱している。金平《こんぺい》糖《とう》の入った菓子盆まであった。七つになる男の子は桂助たちの顔を見るとすぐに泣き

出した。医者に限らず、見知らぬ顔を見ると泣くのだろう。人慣れさせず、過保護に育てられた子どもの常だった。

桂助はすぐに額に手を当ててみたが、首を振って、

「これだから、少々口の中が痒いぐらいでも我慢できないのですね」

ため息をついた。そして、

「こんなにしてばかりいるから、むず痒いと感じるのですよ。今日は違うことで遊んでみませんか」

といい、子どもがうなずくと、

「さあ、今からこのおじさんが、ぼうやのために面白《おもしろ》いものを作って、見せてくれますよ」

鋼次の方を向いていい、鋼次は、

——おいおい、俺も、おじさんなのかよ——

と心の中でぼやきつつ、子どもにはにこにこと笑って見せ、

「さあて、何ができるか、お楽しみだ」

運んできた道具箱を開けた。

早速付き添っている小女《こおんな》が蚊帳を取り払い、布団を畳んだ。

そこへ鋼次は鑿《のみ》や小刀、鉄瓶《てつびん》などの仕事道具を広げはじめた。砥石《といし》も並べた。桂助からたった一本の房楊枝を、戌《い》の刻までかかって作りあげるようにいわれていた。それでわざと、手入れのしていない鑿や小刀を持ち込んできていたのだ。これらを砥石で磨くことからはじめれば、時間稼ぎができる。

「何なの、それ」

痒みなど忘れたかのように、子どもは目を輝かせて鋼次の手元を見つめはじめた。するとそこへおとよが血相を変えて飛んできて、

「何なのでございましょう、これは」

桂助に詰め寄り、

「子どもの部屋です。こんなところで、仕事をされては埃《ほこり》が立ちます。子どもの身体によくありません。うちの子は身体が弱いのです。それに何よりわたしどもが頼んだのは口中の治療で、職人仕事などではありません。すぐに片づけてお帰りください」

と金切り声を出した。

「申しわけありません」

桂助はまず詫びておいて、

「説明が後になってしまいました。実はこれで治療をさせていただくことにしている

のです」

束になった芹《せり》の葉を出してみせた。そして、

「幼い方ですので、強すぎるものはいかがかと思いまして、これの絞り汁と酢を混ぜたものを一時《いっとき》ごとに、丸一日処方させていただくことにいたしました。歯の生え替わりの時期に、気をつけなければならないのは、熱が出て身体が弱ることですが、子どもが痒がって爪で歯肉を搔《か》きむしるのもよくありません。芹酢には痒みを止める他に、口の中の熱を下げる効能があります。ついては、気の長い治療ですので、飽きられてはと思い、お子さんに房楊枝作りをお見せして、気を紛らわせていただくつもりでした。繭屋さんから、子どもの歯によい、特注の房楊枝がお入り用だと聞いておりましたので、これはよいことを思いついた、と自惚《うぬぼ》れておりましたが、不都合でございましたか」

と当惑顔に続けた。

「丸一日、ここにおいでになると？」

おとよは不機嫌極まりない顔になった。こめかみに青筋が立っている。

「そうなりますね」

涼しい顔で桂助は答えた。

「当家はお客様にお泊まりいただくことは、あまりありません」

つっけんどんにいい放ったが、

「わたしどもは客ではありません。口中医ですので、勤めでここに来ております。どうか、ご心配なく」

桂助が平然と言いきると、

「不慣れですので、失礼があってはいけません。芹酢でしたら用い方さえお教えいただければ、わたしどもでいたします。房楊枝の方は、お代を先に払わせていただいて、後で届けてくださればよろしいのですよ」

猫撫で声を出して追い払おうとした。

だが桂助は首を振って、

「母親であるあなたも含めてこの店の方には、お任せできません。先ほど、蚊帳の中を見せていただきました。使い切れないほどあったおもちゃや、欲しがるままに与えている金平糖――甘やかしすぎです。芹酢は歯肉に少々沁《し》みます。普通の子どもなら耐えられますが、甘やかされすぎたこのお子さんには、耐えられず、そのたびに泣くでしょう。そして、泣く子どもが可哀想になって、何回目かで、治療を止めてしまう。必ずそうなります。ですからわたしたちはここを動くわけにはまいりません」

桂助はそういうと、子どもの方へ進んで、口を開かせた。泣かれることを恐れていたので、口を開かせるのははじめてであった。子どもは鋼次の仕事に気をとられながら、大人しく従った。

桂助が芹酢を歯茎にすりこむ前に、

「ちょっと沁みますよ」

とことわると、にっこり笑い、

「すんだらまた、おじさんのところへ行っていいでしょ」

念を押してうなずいた。

ちょうどその時、裏庭から戻ってきた七兵衛とおゆうが廊下を歩いてきて、部屋の前を通りかかった。

おとよは桂助の話もわが子の言葉も聞いていなかったかのように、治療は自分たちでやる、早く帰ってもらいたいと大声でまくしたてた。

「うちは商売をしているんです。朝から晩まで口中医と職人に中をうろうろされたら、迷惑じゃありませんか。そこのところを、主のあなたから、はっきりおっしゃってくださいよ」

とまでいったが、七兵衛は、

「けれどあの子の顔を見たら、そんなことはいえないよ。わたしはあの子が、あんなうれしそうな顔をしているのを見たことがないんだから。しかもそれが治療を受けていてなんて、信じられん。是非お泊まりいただいて、治療を続け、あの子のための房楊枝を作っていただこうではないか」

毅然《きぜん》としていった。

いつにない夫の様子に驚いたおとよは、細い目でじんわりと睨みつけた挙げ句、ぷいと横を向いたが、七兵衛はもう怯《おび》えてはいなかった。

それから治療と並行して房楊枝が作られていった。治療の方は歯茎に芹酢を塗布する繰り返しだったが、鋼次の仕事は当初の計画通り少しずつ進められた。

特に時間がかかるのは、小刀で削った木片の先を鉄瓶で煮るところで、まずは、部屋には火鉢が運びこまれて、火が熾《おこ》され鉄瓶が掛けられた。ほどよい中火で房になる木片の先を煮込んでいくのである。子どもは鋼次や桂助とともに、汗だくになりながら、四時も五時もかかる、根気のいるこの作業を楽しんだ。

時間を稼ぐのが目的だったので、房楊枝の木は手間のかかる柳の類を使っていた。鹿皮で揉《も》むだけでいい肝木《かんぼく》の房楊枝と異なり、柳類だと砥石草ともいわれるトクサやムクの葉で磨いて、丁寧に仕上げる必要があった。トクサなど茎を開いて米粒で貼り

付けてから使うものだった。だが、

「これを使うときれいに仕上がるのさ」

と鋼次がいうと、子どもは大きくうなずいて、いよいよ最後の仕上げが終わると、

「やった、やった」

部屋中を踊り回った。

房楊枝作りが終わったのが酉《とり》の刻少し前で、それからほどなく何度目かの治療が終わった。すでに床はのべてあり、子どもはできたばかりの房楊枝を手にして、すやすやと眠りについた。

部屋部屋の行灯が消えて、店の者たちも眠りにつき、戌の刻が近づいていた。

そして、いよいよ――。

「そろそろ行きましょうか」

桂助は薬箱を担ぎあげ、すでに道具箱を背にしている鋼次を促した。

夕刻におゆうは家に帰った。その際、桂助は、おゆうから、

「これは七兵衛さんからお預かりした物です。お嬢さんの美弥さんは蔵の奥にある隠し部屋に閉じこめられています。お幸さんはお嬢さんの身代わりで病気のふりをさせられ、離れにいるそうです」

土蔵の鍵を渡されていた。

それから半時《はんとき》――美弥とお幸の二人が土蔵と離れから助け出された。日々の食事に毒を盛られて、立つことができないほど弱っていた美弥は、裏木戸で待っていた松吉の背におぶわれて、〈いしゃ・は・くち〉まで運ばれ手当を受けた。何とか間にあって美弥は命をとりとめ、お幸の方は当初恐怖のあまり震え続けていたが、父親の中江が元気に回復していると聞くと、持ち前の明るさを取り戻した。

その翌日、京屋の身代《しんだい》を美弥と松吉に譲る、だから、自分たちの子どもを元気に育ててほしいという書き置きを残して、七兵衛とおとよは江戸から消えた。翌月、横須賀近くの海で初老の男と中年増の女の土左衛門《どざえもん》が上がった。女にはあらがった痕《あと》があり、無理心中ではないかと疑われた。とうとう身元は知れなかった。

聞いたおゆうは桂助に、

「七兵衛さんのせめても罪ほろぼしだったんでしょうね」

ぽつりといった。

元気になった美弥が松吉と婚礼をあげ、七兵衛から託された異母弟を育てつつ、京屋を継ぐ日も近い。

よく似た面立《おもだ》ちのお幸を、美弥は姉妹のようだといって離したがらず、

「私たち現世ではなくとも、きっと前世では縁があったのよ」

といって京屋にひき止めた。こうしてお幸は新しい京屋に再び奉公することになった。朝顔とともに……。

# 第三話　菊姫様奇譚

# 一

そこはかとなく菊の花の香りが流れてきていた。

「めずらしいものではありませんけど」

志保《しほ》はぽつりといって、隣りの畑から手折《たお》ってきて束にした黄色い野菊を、出かける桂助《けいすけ》に渡した。桂助は、

「ありがとうございます。菊はお房《ふさ》の好きな花だから、きっと喜びますよ」

お房は桂助の妹である。

「でも藤屋《ふじや》さんのような大店《おおだな》では、さぞかしきれいな菊を育てておいででしょう」

当時菊は秋を華やかに彩る江戸の風物の一つであり、身分の上下を問わず広く栽培されていた。まずは菊で作った四肢《しし》に、作り物の武将や姫君などの頭を据える菊人形。これは団子《だんご》坂《ざか》の菊見物が有名であった。

他には小菊の懸崖《けんがい》仕立てや盆栽仕立てもあって、ともに数知れない小菊が豪華絢爛《けんらん》にしなだれている。見ているとあまりに心地よいので、もとは関西の料亭や料理屋で飾られていたものが、急速に江戸まで広まった。

そんなわけだから、藤屋長右衛門《ちょうえもん》にも自慢の懸崖仕立てがあった。知り合いの誰にも負けまいと、長右衛門は枝のよく出る菊の品種を草の根を分けてもと探しもとめ、小枝を増やし、大きな株に育てあげたのである。

庶民は庭先に何本か植える程度ではあったが、種類が豊富で生命力が強く、花の時期が長いこの花を、はかない美しさの桜や朝顔にも増して愛《め》でていた。

桂助は長右衛門の懸崖仕立ての小菊の話をした後、

「急な用だというから出かけて行くのですが、おとっつあんの菊自慢だと長くかかりますね」

とため息をついた。

「もっとよいお話かもしれませんよ」

いった志保は頬《ほお》を染めて、いわなければよかったという顔になった。

「よい話？」

桂助は思案して、

「おとっつあんの気が変わって白牛酪《はくぎゅうらく》を今より多く、都合してくれるというのだといいですね」

白牛酪は今日の練乳やバターであり、病気の回復に素晴らしい効能があった。骨にもよいものだと長崎で桂助は知り、歯は骨の一部といえるから、歯にもよいのだと確信している。だとしたら、育ち盛りの子どもたちの治療にもっと多く使いたい。ついては、長右衛門に懇願したことがあったが、元を正せば、白牛酪はお上の食べ物なのだ、恐れ多いと断られてしまった。確かに白牛酪は、将軍家の天領である安房《あわ》の御用牧場で、わずかな量作られているだけのものであった。

「そうですね」

志保は桂助が自分の真意に気づいていない様子なので、ほっとして相槌《あいづち》を打った。

さっき志保が言いたかったのは、

——そろそろおめでたい話なのでは——

ようは桂助が見合いでも勧められるのではと案じたのであった。

藤屋ではお房が店先にいた。

お房は寡婦《かふ》である。婿に入った勘三《かんぞう》が悪事の限りを尽くした挙げ句、飼っていたまむしに嚙まれて死んでから、かれこれ一年近くたっていた。

「兄さん、お久しぶり」

お房は客の選んだ反物を店の者に包ませ、客を送って帰ってきたところだった。

「元気そうだね、よかった」

桂助は血色のいいお房の童顔を見つめていった。これが勘三のたくらみで病人にされ、危うく殺されそうになった妹だったとは、今ではとても思えない。

「このところ、お店でお客様の相手をさせてもらっているの。わりにいいのよ、わたしの評判、似合う柄選びが上手だといわれているの。でも当たり前といえば当たり前ね、何せ、藤屋の娘なんですもの――」

そういって、お房は可愛《かわい》いえくぼを見せてころころと笑った。土産《みやげ》にと志保が用意してくれた菊を渡すと、

「野菊は可憐だわ。わたしはおとっつあんの大仰《おおぎょう》な菊より、こっちの方が好きよ」

などともいった。

桂助は奥へと急いだ。

長右衛門は待ちかねていた。

それで桂助の顔を見ると、

「よく来てくれた」

といったきり、長右衛門は黙っている。もともと長右衛門は、誰に対しても口数の多い方ではなかったが、相手が桂助だと一層寡黙《かもく》になりがちだった。

それで仕方なく、

「何かわたしに急用があったのではありませんか」

と桂助から聞いた。

知らずと腕を組んで眉を寄せていた長右衛門は、

「稼業はありがたいが、時に困ったことにもなる。こういう稼業をしていると、お客様からのっぴきならない願い事を持ち込まれる。どうしたものか――」

うーんと考えこんでしまった。

「何なのです、その願い事というのは」

桂助はいつになく沈みがちな長右衛門を案じた。

「萩島《はぎしま》様を知っているな」

「ええ」

萩島様とは萩島藩のことである。萩島藩は外様《とざま》でこそあれ、奥州《おうしゅう》の大藩であった。

「萩島藩ではつい近頃、御嫡男《ごちゃくなん》の弓千代《ゆみちよ》様が、お上の命により、大月《おおつき》藩のご息女とのご婚約を整えられた。弓千代様はいずれは藩主様になられる。さてこの弓千代様には、お一人お姉様がおいでになる。桃姫《ももひめ》様とおっしゃり、まだ嫁いではいらっしゃらず、江戸屋敷においでだ。この桃姫様は歯がお悪い。何とか治療してほしいと、江戸家老じきじきに出向かれて頼まれてしまった。もちろん、わしがおまえの父親だと知ってのことだ」

長右衛門は少なからず腹立たしげだった。

「ですが、おとっつあん」

聞いた桂助は首をかしげ、

「萩島様ともなれば、城中に口中科の奥医師をお抱えのことと思いますよ。おかしな話です」

「わしもそう思う。しかし、これからおまえに伝えることは、もっとおかしなものなのだ」

長右衛門は苦い顔になって、

「萩島様の御家老は治療には訪れてほしいが、くれぐれも口中医とわからぬようにとおっしゃったのだ」

「口中医でなければどう名乗って伺うのです」

「あちらは藤屋の若旦那を名乗って、出入りしてほしいというのだよ」

「それで治療ができるのですか」

桂助は呆《あき》れた。

# 二

桂助はこの話を〈いしゃ・は・くち〉に持ち帰った。

ちょうど房楊枝《ふさようじ》をおさめに訪れていた鋼次《こうじ》は、

「いくらおとっつあんの願い事でも、桂さんは忙しい。ちょいと無理な話だ。断ったんだろ、桂さん」

といった。

「それが——」

桂助は困惑した顔で言葉に詰まった。

志保は、長右衛門の願い事が桂助の見合い話ではなかったので、ほっと胸を撫《な》で下ろした。

桂助は、

「萩島様と藤屋は先々代からのご縁だということなのですよ」

「じゃあ、桂さん、呉服屋の真似事するのかい」

驚いた鋼次は思わず大声を出していた。

「真似事ではないでしょう。桂助さんは今でも藤屋の若旦那ですから」

志保はたしなめた。

桂助は、

「まだ決めていないのです。どうしたものかと——」

めずらしく煮え切らない物言いを続けた。

「読めたぜ」

鋼次は膝を打った。

「萩島藩の口中医は藪《やぶ》なんだ。大奥だってそうだったろ」

以前桂助と鋼次は大奥に呼ばれ、側室である初花《はつはな》の方の歯の治療をした。この時の初花の方は、抜歯に対する恐れに取り憑《つ》かれていた。前に口中の奥医師に歯を抜かれた時、気が遠くなるほど長くかかり、以来身体《からだ》まで弱らせていたからであった。

「桃姫様はかわいそうな初花の方ってわけさ。となりゃ、桂さん、こりゃあ、一肌《ひとはだ》脱がなきゃならねえよ。俺《おれ》もまた手伝うぜ」

鋼次は意気込んだ。

桂助は、

「江戸詰めの御家老様からのお話ですし、御家老様とおとっつあんは長いつきあいですからね――」

「よかった」

志保の目がなごんだ。

「だとしたら、何でそんな妙なこと、言いだすんだい」

なおも首をかしげる二人に、桂助は長右衛門から聞いた萩島藩の事情を話した。

「ってえことは、桃姫様は〝行かず後家〟ってわけだな」

鋼次は思わず口に出したが、桂助はうなずかず、志保はぷいと横を向き、その後肩を落としてうなだれた。志保は二十をすぎていて、当時としては、やや婚期が遅れていたからであった。

ほんのわずかな時ではあったが、三人は黙り込んだ。

――志保さんに悪いことをいっちまったなあ。けど、どうして、俺の口はこうも軽いんだろう。大切な志保さんなのに――

鋼次はめずらしく青ざめて泣きたくなった。

すると志保は、

「そう決めつけるのはおかしなことです。身分の高いお方にはそれなりのご苦労がおありになるものではないかしら。お一人でおいでになるのだって、下々には、はかりしれないご事情がおありになるのやもしれません。軽々に決めつけるのは誤りです。鋼次さんのそういうところ、よくありません。嫌いです」

と言い放ち、鋼次の顔は青さを通り越して、白くなった。もちろん言葉など出ようはずもなかった。

――俺はただ、馬鹿姫と志保さんは違うって、いいたかっただけなんだが――

しかし、口から出した言葉はもうひっこめることはできない。

またしてもその場が重くなった。

――どうしたらいいんだよ、桂さん。何とか助けてくれよ――

鋼次は叫びたかったが、こういう時に頼りになる桂助ではなかった。

今度は前より長く沈黙が続いた。さすがの桂助も、

――困ったな――

とは思ったものの、どうしていいか、途方に暮れかけていると、戸口をがらりと開け放つ音がして、

「ごめん」

聞いたことのある男の声がした。その声は高くも低くもなく、大声でさえなかったが、芯《しん》があってよく響いた。

志保が戸口へ走りかけた時には、側用人《そばようにん》の岸田正二郎《きしだしょうじろう》がすたすたと歩いてきていた。幕府の重職に就いているこの人物とは、〈いしゃ・は・くち〉の庭に、見知らぬ大奥女中の死体が投げ込まれる、という事件以来のつきあいであった。〃初花の方様の治療をしてさしあげよ〃と、大奥に桂助を召しだしたのもこの岸田であった。

岸田は長身痩軀《そうく》で端麗《たんれい》な容姿ではあったが、やや大きく高い鼻の持ち主で、誰もが冷たく鋭利な印象を受けた。桂助の父藤屋長右衛門とは懇意《こんい》で、手に入れにくい白牛酪を融通してくれているのだが、親しみが持てないのは、こうした印象のせいかもしれなかった。

「急な用でまいった。話がしたい」

岸田はいい、うろたえながら志保は客間へと案内した。

岸田の顔を見たとたん、鋼次は、ぴんと来て、

——きっと、馬鹿姫様の話、ごり押しに来やがったんだな。しばらくご無沙汰《ぶさた》だったが、いよいよ出てきたか。こいつが出てきたとなりゃあ、大変なことになるな。これだけはまちげえねえ——

と大奥であった、色と欲とがどろどろと絡《から》まりあった事件を思い出していた。そして、

――あれだって、初花の方様の歯抜きは口実で、はなっから桂さんに、奉行も入れねえ大奥の悪事を、暴かせる腹でいたのかもしれねえんだ――

さらに、

――怖《こえ》えやつだ。やっぱり、油断ならねえ。やつがやってきたからには、この先、何が待ってるか、見当もつかねえ――

一方、上座に座った岸田は、

「まずいっておく。大奥行きではこちらに借りができたが、油屋の福屋《ふくや》の件で帳消しとさせてもらった。あの調べは高くつく、と申しておいたはずだ。わかっておろうな」

下座に控えている桂助を見据えた。

「わかっております」

桂助が覚悟すると、

「萩島藩の江戸屋敷まで、ご息女桃姫様の治療に出向いてもらいたい。先方より呉服屋を装うようにとの申し出があり、それゆえ、まずは長右衛門に伝えたが返事が遅い。そこでこうして足を運んだまでのことだ。よいな、よろしく頼むぞ」

有無をいわせぬ口調でいい、岸田は早々と立ち上がった。

# 三

その岸田は戸口を出て行きかけて、

「近く萩島藩の江戸家老堀口三郎太《ほりぐちさぶろうた》が訪ねてくるはずだ」

ふと思い出したようにいった。

岸田が帰った後、桂助が用件の内容を告げると、

「岸田様からの仰せなら大丈夫なのではないかしら」

と安堵《あんど》してしまった様子の志保に、

「馬鹿いっちゃいけねえ。そいつが一番危ねえんだぞ。志保さんは大奥ってえ、化け物が住んでるとこへ行かされたことがねえから、岸田が味方だなんて思えるんだ。気楽すぎらあね。あの時は、桂さんの謎ときで上手《うま》くことが運んだからいいようなもんの、一歩間違ったら俺たちは今ここにいねえ。なますにでもされて大川に浮いてるのが関の山だ。岸田は俺たちを大奥の若狭《わかさ》ってえ年寄りに預けて、放っぽり出したんだからな」

不安と腹立しさをぶつけた鋼次は、さっきまでのしょんぼりしていた様子とはうっ

て変わった活《い》きのよさだった。さらに、

「だから今度だって何を企んでるか、知れたものじゃねえんだよ」

鋼次の剣幕に気押《けお》された志保は、次第に岸田に巻き込まれる桂助の身が案じられてきた。息苦しいほどの不安のあまり、知らずと志保は、

「ですけど、歯痛で苦しむ御姫様をお一人、診てさしあげるだけではありませんか」

物事をいい方に考えようとしていて、

「桃姫様がお着物好きで口中医嫌いだとしたら、楽しいお着物選びにこと寄せて近づきになり、肝心の治療をしてほしいということなのかもしれませんよ」

志保のその話に、

「なるほど」

桂助は納得した。

「そうだといいと俺も思うぜ」

鋼次もうなずいた。

萩島藩の江戸家老堀口三郎太はその翌日、〈いしゃ・は・くち〉を訪れた。堀口はずんぐりした身体つきで、結った髷《まげ》には白いものがちらついていた。四角い肝《きも》の据わった顔は、若い時にはさぞや精悍《せいかん》そのものだったと思われる。しかし今は、寄る年波

には勝てず、目の下の分厚く黒い隈《くま》は役目ゆえの疲れを滲《にじ》ませていた。

堀口三郎太は身分を名乗った後、

「そこもとの評判、とくと聞き及んでおります。ご息女桃姫様治療の件、どうかよろしくお願いいたします」

驚いたことに桂助に頭を下げた。

普通、武士は町人などには、頭は下げないものであった。食い詰めた旗本が、こっそり借金でもする時ならいざ知らず、江戸家老が主君の姫の治療を町の口中医に頼むのだから、これでは丁寧すぎた。

「是非《ぜひ》そこもとにおいでいただかなければ――、困ったことになるのです」

そういった堀口は目を伏せた。何かはわからなかったが、悩みは深そうだった。

「桃姫様の歯はどれほどお悪いのでしょうか」

桂助は聞いた。

「それが――」

堀口は一時いい澱《よど》んだ。

「聞かせていただけないと、適した口科道具や薬を持参することができないのです」

なおも桂助が聞き募ると、やっと、

「ご自身では、口の中の歯が残らず悪いとおっしゃっておいでです」

　重い口を開いた。

「歯草《はくさ》といって膿《うみ》がたまって、歯茎が崩れる病いですと、そのようなことも起きます。こうなると昼夜なく疼《うず》くように痛み続け、口から悪臭がもれます。お付きの方は気がつかれているのでしょうか」

　桂助は歯草の症状を並べたててみた。

　すると相手は首を振って、

「まず、その病いではないでしょう。それに桃姫様のお口からは、いつも麝香《じゃこう》のよい香りがすると、お付きの者が申しておりました」

「麝香入りの歯磨き粉をお使いなのですね」

　麝香とは、雄の麝香鹿から取る高価な香料である。これと房州砂《ぼうしゅうずな》を混ぜると贅沢《ぜいたく》な歯磨き粉ができた。房州砂とは、陶土を水で漉《こ》してとった上澄みの細かい粒子である。おしゃれな姫の歯磨き粉は、麝香入りの紅花色で、たいそう雅《みやび》やかなものであった。

「桃姫様はたいへん身なり、身のまわりにお気づかいをなさる方なのです。奥方様もそうであられるので、奥方様譲りなのでしょう。お年は二十をとうにすぎておられますが、とてもそのお年には見えません。ただ――」

そこでまた堀口は口ごもった。

すると桂助は、

「これはわたしが思っただけのことなのですが、桃姫様は歯などどこも痛んでおいでではないのでは――ちがいますか」

ずばりと聞いた。

「そのような――」

といって堀口は絶句したが、さすが江戸家老ともなると、顔色を変えたりはしなかった。

「これはまいりましたな」

堀口は苦笑して、

「実はわたしどもも、そこもとが今申されたように推察しているのです。ただ口中医でもないわたしどもがそういったところで、姫様がちがう、〝痛くて眠れぬ〟とおっしゃっておられるので、姫様が申されるようにおききするしかないのです」

「わかりました。堀口様はこのわたしに、桃姫様の口の中を診て、痛む歯のない証《あかし》をたててほしいとおっしゃるのですね」

ほっとしてうなずいた堀口だったが、

「そうなのです。実は今、当家に桃姫様の縁組みが持ち込まれております。これは、お家のためにも、桃姫様の今後にも、これ以上は望めまいと思われるほどよいお話なのです。そのもったいないお話を、当の桃姫様は、口の中の歯が残らず痛むからとわたしどもを欺《あざむ》いて縁組みを断りかねないのです」

いったそばから額に汗を吹き出させた。

「たしかに口中の病いとはいえ、重い歯草ともなれば、口が臭いますから、縁組みにさしさわりがあるでしょう。ただわからないのは、なぜわたしなのですか。口の中をお診たてするぐらいでしたら、わたしごときの町医者を呼ばずとも、そちらの奥医師の方でよろしいのではありませんか」

桂助が首をかしげると、堀口は、

「桃姫様はお小さい頃から、医師と名のつくものがお嫌いなのです。今となってはどんな奥医師も近づくことさえできません。それでわたしどもは、長きにわたって悩まされてまいりました」

深いため息をついた後、

「呉服屋を名乗りつつ、治療をしていただくなどという、まことに勝手なお願いをいたしました以上、桃姫様についてお話申し上げておかねばならぬことがまだございます」

といい、

「桃姫様の行く末については、お殿様も奥方様も案じておられます。そのわけは、大変お恥ずかしいお話なのですが、お小さい頃からの夜尿《やにょう》ゆえなのです」

「夜尿ですか、それは厄介《やっかい》ですね――」

当時、大人になっても治らない夜尿癖は、特に女子の場合、嫁ぐことはほとんど不可能であった。どんなに相手に理解をもとめても、夜な夜な小便を漏らされては、むつみごとを興ざめにすると男たちは感じていたようである。

「それもあって、不憫《ふびん》に感じられたお殿様、奥方様は、それはそれは桃姫様を可愛がられ、甘すぎるほどでした。もちろん持ち込まれる縁組みは、幸い幕府の命によるものがございませんでしたから、丁重《ていちょう》にお断り申し上げておりました」

そこで言葉を切った堀口を、

「それでどうして今回は縁組みに乗り気になられたのですか」

桂助は促さずにはいられなかった。

「お相手はさる御大名の御嫡子《ごちゃくし》であられますが、縁組みをしたいとおいでになった、あちらの御家老は、こちらの姫様の夜尿のことをご存じでおいでした。おおかた、宿下がりでもした者たちの口から口へ、噂が流れたのでしょう。先方の若殿様は桃姫様に夜尿の癖があってもかまわない、とおっしゃっておられるのです。ですが」

またため息をつきかけた相手に、

「桃姫様はそれでもお嫌だとおっしゃるのですね」

桂助は言い当てた。

「ええ、そうなのです。今度は歯の病いを持ち出してきておられます」

堀口は浮かない顔でうなずいた。そこで、

「桃姫様の夜尿はどなたかが治療をされてきたのですか」

と桂助が聞くと、これには首を振って、

「奥医師による治療は幼い子どもの頃まででございました。何せ――、年頃になられて、嫌がる姫に無理やりというわけには――。いつしかわたしどもは、治らぬものと諦めていたのです」

といった。

# 四

さらに萩島藩の江戸家老は、

「ところで小便組というものをご存じであろうか」

と桂助に聞いてきた。

「ええ」

桂助は短く答えた。

巷《ちまた》で噂になっている小便組とは、女子による詐欺である。大店の主《あるじ》など金のある好色漢が標的で、見目形のいい女たちが妾《めかけ》を志願して、相応の支度金を受け取った後、いざ床入りになると、その場で盛大に小便を漏らす。当時、夜尿症の女は忌み嫌われていたから、困惑した好色漢たちはその女たちに暇を取らせる。

女を妾に囲うのも、囲いかけた女が夜尿症なのも、あまり体裁のいいものではない。そこで、ほとんどの場合、こうした事実は表沙汰にされず、支度金は返されないままとなった。女たちが小便を漏らすのは、もちろんわざとであった。

「桃姫様の夜尿も真ではないのかもしれません」

江戸家老の堀口は苦い口調でいった。そして、

「そうなると、姫様は長きに渡って、わたしどもだけではなく、お殿様や奥方様まで欺いておいでだったことになります。徳川の世の常で、幕府の御沙汰が縁組みに下れば、これを断るわけにはまいりませぬ。たとえ夜尿の癖があっても、決められた相手に嫁がねばならず、嫁いだ先で呆れられ、恥辱にまみれて捨て置かれても、もはや救うことなどできません。そのようなことがあっては、姫様が哀れにすぎると、お殿様、奥方様は、幕府の御沙汰が当家に下らないよう、どれほど御老中方に届け物をされてきたことか――。家臣として、これほど情けないことが他にございましょうか」

目に涙さえためて嘆き、

「ですからこのたびは何としても、そこもとに口の中のお診たてをお願いしたいのです。歯の病いなどないとたしかにわかれば、この堀口、桃姫様に大名のご息女としての道をお教えしなければなりません。お家安泰《あんたい》のためにも嫁いでいただくのです。もとより、わが身を呈《てい》する覚悟でおります」

といった。

「わかりました。まいって、口中をお診たていたしましょう」

桂助は相手の熱意に打たれ、大きくうなずいた。

それから三日ほどして、桂助と鋼次は御殿山《ごてんやま》近くにある萩島藩の江戸屋敷へと向かった。呉服屋の若旦那と手代というなりをしているので、肝心の薬箱は反物の入った葛籠《つづら》の中に潜ませてあった。屋号が入った葛籠は藤屋の丁稚《でっち》が背負っている。

手代の役割で従っている鋼次は、品川宿に入ると、ざわざわとにぎやかな旅籠《はたご》の様子に目を奪われつつ、

――馬鹿姫の機嫌取りに行くなんて、気が乗らねえが、桂さんのためだ。人を疑うことを知らねえ桂さんは、忠義面《づら》の家老にほだされてるみてえだが、油断はできねえ
――

気持ちを引き締めた。

品川宿を抜けると藩邸はもう目と鼻の先であった。

藩邸では堀口三郎太が待っていた。案内された部屋で挨拶が終わると、この堀口は、

「ほんとうによくおいでくださった」

にこやかだが疲れた顔でねぎらいの言葉を口にした。この後、茶菓の振る舞いがあったが、鋼次は手をつけず、

――桂さん、大丈夫なのかよ――

涼しい顔で茶を啜《すす》っている桂助を案じた。

——大名屋敷は大奥よりわかんねえとこだって、志保さんがいってたぜ——

志保の従姉《いとこ》は大奥に上がったことがあったので、大奥についてはあれこれ話が聞けたが、大名屋敷となると知る者はいなかった。わかっているのは、幕府に知られたくない事情が厳重に隠蔽《いんぺい》されている、秘密の館であるということだけであった。

「早速、桃姫様までお会いいただくことにいたそう」

立って廊下まで歩みかけて、

「これは申しておいた方がよかろう」

独り言のようにいって、

「桃姫様はこのところ、ご自分を菊姫《きくひめ》とおっしゃっておられる。それというのは——」

いいかけて止め、

「心しておくように」

とだけ言い添えた。

——何だ、これは。やれやれ、もうはなっからおかしな様子じゃねえかよ——

鋼次は心の中でぼやいた。

廊下は堀口が先にたって歩き、桂助、鋼次が従い、その後を腰元二人が丁稚から葛籠を引き継いで運んできている。大藩である萩島藩の江戸屋敷は広大で、桃姫は渡り廊下の先の離れた場所に居住しているようだった。

「離れは〝夜尿の身を恥じるゆえ、人目にたちたくない〟と、もうずっと前に姫様がおっしゃって、奥方様が聞き届けられてお造りいたしました。以来、桃姫様の身のまわりのお世話は、姫様自らがお選びになった者たちだけで承っている」

堀口はいい、桃姫の夜尿が偽りかもしれない、と桂助から聞いている鋼次は、

——なるほど。これじゃ、たとえ姫様が小便組まがいでも、誰も尻尾はつかめねえよな——

桃姫は馬鹿ではない、悪知恵が働くと感心した。

姫の部屋の前に立った家老が、入ってもいいかと声をかけると、

「堀口か、よい、入りなさい」

細い、やや甘えた声で促された。

上座に座っている桃姫の姿があった。

美貌の姫であった。可憐さと華やかさを兼ね備えている、濃い桃の花を思わせた。会ったことも見たこともない女だと鋼次は一目見て感じた。冷たいという印象はないのだが、同じ生身の人間とは思いがたい。鋼次の年頃なら美しい女を見ると、なに

がしか心は動くものなのだが、それもなくて、ふと、

——ようはこれが身分の違いってえやつなんだろうな——

と思った。

桃姫のそばには、お気に入りの腰元が控えていた。堀口が桂助たちを、

「姫様、お待ちかねの藤屋がまいりました」

といって取り持ち、桂助が、

「藤屋桂助にございます」

下座に座って深々と頭を垂れ、後ろの鋼次は黙って桂助に従った。

桃姫は、

「それは楽しみなこと」

からりと無邪気に笑い、

「そなたたちは、とびきりよいもの、きれいなものを見せてくれるそうな。胸を躍《おど》らせて待っておりました。わらわは着物が好きでならないのです。それからこの者は美《み》沙《さ》と申す町方《まちかた》の者、わらわと一緒に反物を選ぶよう、いいおいてあります」

といい、美沙には、

「そなた、とびきりの品を選んで仕立て、妹思いの兄者《あにじゃ》に喜んでもらうのですよ」

諭すようにいった。

美沙は細く小柄で華奢《きゃしゃ》な娘である。整った顔立ちながら、桃姫とは対照的にさびしげな印象であった。

その美沙は、青ざめて、

「姫様、何をおっしゃいます。そんなわたしまで反物を――」

急に険しくなった堀口の視線を避けるようにうなだれた。すると不機嫌になった桃姫は、

「そなたこそ、何をいう。さっきはいいといったではないか」

と責め立て、美沙は消え入るような声で、

「先ほどは見せていただくだけなら、と申したのです。どうかお許しを」

といいつつ、座ったまま退いて部屋の障子に手をかけた。その背に、

「許しません、これはわたしの命です」

桃姫の厳しい声が降りかかると、振り返った美沙は、

「お許しください、お願いでございます」

今度は赤い泣き顔になった。見ていた鋼次は美沙がかわいそうになって、

――姫様のご機嫌を取ったら、御家老に睨《にら》まれる、こりゃあ、骨の折れる仕事だぜ

堀口は美沙に下がるように目で知らせると、

「姫様、お付きの者をあまりいじめてはなりませんよ」

と桃姫に笑いながらいった。

桃姫はつんとして、

「わたしはいじめてなどおりません。日頃世話になっている者に、着物の一枚ぐらいつかわしてもと思っただけのことです」

堀口がこほんと咳《せき》をして、

「世話になっているとおっしゃいましたが、美沙は兄の菊吾《きくご》とともども、まだここへ来て一年ほどのはず。お庭の菊もまた増えているようですし、目に余る贔屓《ひいき》はよくありません」

と言いきると、

「はて、いつのまにそなた、この姫にそのようなさしでがましい物言いをするようになったのです。母上はご存じのことなのかと気にかかります」

畳みかけるように言い返すと、ふんと鼻をならして、

「もう、よいわ」

と呟《つぶや》いて、

「うるさい堀口はもう下がってよい」

堀口三郎太を追い払った。

# 五

その後、桃姫は、

「ああ、せいせいした」

といい、

「早う反物を並べよ」

桂助に向かって顎《あご》をしゃくった。

「はい、ただ今」

かしこまって答えた桂助は、長右衛門が選んだ、目にも美しい最上級の反物を畳の上に並べはじめた。桂助には総柄のものと、大きな絵柄のあるものとの区別がつくらしく、大きな絵柄のあるものについては、絵柄が見えるところまで、両手で反物を巻き上げていく。実家の稼業だけあって手つきは悪くなかった。鋼次は桂助に反物を渡す手伝いをしている。

その鋼次は、目を反物に向けて伏したまま、ちらりと桃姫を見て、

――見た目は思ってたよりずっときれいだが、わがままは半端じゃねえ。これじゃ、銭に困って悪さをする小便組の女たちの方が、いくぶんましかもしれねえ――

ほどなく部屋が反物で埋め尽くされた。さまざまな柄ゆきにじっと目を凝らしていた桃姫は、

「江戸菊の模様が見当たらぬではないか」

といった。

桂助は、

「菊の模様ならこれにございます」

藍色《あいいろ》の綸子《りんず》地《じ》の上に菊と熨斗《のし》を配したものを取り上げて、桃姫に差し出した。菊と熨斗の組み合わせは、高貴で雅なものとされている。

「これは父の藤屋長右衛門が、ことの外よい品だと申していたものです」

受け取って見つめていた桃姫は、

「たしかによいものではあろう。だが江戸菊ではない」

そっけなく、菊と熨斗の反物を畳に置いた。そして、

「他にこれぞというものはないのか」

「菊ではございませんが」

季節柄ではないので、控えて見せていなかった、雛《ひな》人形と桃の花、貝が描かれている友禅《ゆうぜん》染めの反物を広げた。これにはえもいわれぬ可愛らしさがありながら、犯しがたい気品も備わっていた。

「桃姫様は桃の節句にお生まれになったとうかがっております。季節柄でお気に召すものがなかったら、お見せするようにと、父から申しつかってまいりました」

桂助のこの言葉を聞いているのか、いないのか、桃姫はしばらく見入って、

「これはよいもの。是非美沙につかわしたい。美沙はわらわと同じ桃の節句の生まれと聞いておる。取り置くように」

といってから、

「なにゆえ江戸一といわれる藤屋に、江戸菊の模様がないのか」

桂助を見据えた。

江戸菊は〝狂い菊〟ともいわれた。一つの花に百枚から二百枚の花弁がつき、開花が進むにつれて花の形が美しく奔放に、しかし崩れていくとも見えて変化していくのでこの別名がついた。上品とは言い難かったが、庶民的で粋《いき》そのものの菊であった。

藤屋では流行柄のこの江戸菊柄を扱ってはいた。だが主長右衛門の考えで、身分のある武家には勧めなかった。〝狂い菊〟と聞くと、貞節や節操を重んじる武家では嫌がったからである。

迷うことなく、桂助はこの事実を告げなかった。江戸菊の模様があるといえば、桃姫は早急それを見たいというにちがいなかった。桃姫が江戸菊柄を着るのは自由だが、こちらは父や堀口三郎太と揉《も》めることになる。これだけは避けねばならないと桂助は考えた。それに使命は口中を診ることであって、呉服屋は仮の姿なのだから――。

そこで、

「あいにく、手前どもに、江戸菊の絵柄はございません。どうしてもとおっしゃるなら、時はかかりますが、お作りいたしましょう」

といって時間を稼ぐことにした。

「そうか、そうか」

桃姫は喜んで、子どものような笑顔を見せた。

「その前に一つお聞かせくださいませんか。どうして、桃姫様は江戸菊などという、市中の菊がお好みなのですか。うかがっておいた方が、よい絵柄ができるのではないかと思いまして――」

　すると桃姫は間髪《かんはつ》入れず、きりきりと歯を嚙んで、不機嫌そのものとなり、

「聞いておらぬのか。わらわはもはや桃姫ではない、菊姫である」

と言い放った。

　成り行きを見ていた鋼次は、

　――桂さん、相当てこずってるな。菊姫になったてえのは、御家老から念を押されてたじゃねえか。常なら、俺でも忘れていねえようなこと、桂さんがうっかりするはずがねえ――

　はらはらした。

　一方、少しも動じない桂助は
「では、そのようにお名前を変えられたいわれをお教えくださせい」

とまずは聞き、さらに、

「ご両親からいただいたお名前を変えるなど、並々ならぬ御決意と察せられます。ですから、そのお話を是非、お聞かせ願いたいと思っているのです」

　相手を促した。

　――また、怒るぜ――

　頭を垂れたままの鋼次は上目使いに桃姫を窺った。ところが、

「そこまで申すなら話して聞かそう」

なぜか桃姫は機嫌がよくなった。そして、ほんのりと頬を染めているのも気づかずに、菊吾や美沙と出会った話をはじめた。

「前の年の今頃、〝菊見見物近道独案内〟というものと町娘の着物や帯を、出入りの者から手に入れた。町方の菊見はたいそうなものだと聞いていたから、いつかこの目で見たいものだと思っていた。それで、堀口の目を盗み、二、三の伴《とも》の者を連れて屋敷を抜け出した。ところが、団子坂はたいへんな人出で、伴の者とはぐれてしまい、卑《いや》しき風体《ふうてい》の者たちに取り囲まれて難儀《なんぎ》しているところを、通りかかった菊職人が助けてくれたのじゃ。職人の名は菊吾といった」

そこで桃姫は目を潤ませて、

「伴の者たちもわらわと同じ難儀に遭っていたそうな。市中は面白《おもしろ》いところだが、いいがかりをつけてくる、卑しき風体の者どもが多いところと見える。いいがかりをつけられて難儀していた伴の者たちを、助けてくれたのが美沙であった。後で美沙が菊吾の妹だと聞いた。母上様は〝偶然には、悪しきものと良きものとがある〟と日頃から仰せだが、これぞまことに良き偶然だとわらわは思った。それゆえ、二人を屋敷にて勤めさせることに決めたのじゃ。菊吾と美沙は親の顔を知らないみなしごで、菊吾は年の離れた幼い美沙を庇《かば》って、たいへんな苦労をしてきたと申した。妹思いのよい兄ではないか——」

聞いていた鋼次は、

——こりゃ、驚いた。姫様と菊職人との恋かよ。それで妹思いの兄貴のために、妹に着物を買ってやりたいって。可愛い女心ってえやつだろうが、兄妹が姫とお伴をそれぞれ助けたってえのは、ちいと偶然がすぎる話じゃねえのかい——

意外な展開に興味津々《しんしん》となった。

桂助は、

「江戸菊は菊吾という者がお勧めの菊なのでございましょう」

と聞いた。

桃姫がうなずくと、

「絵柄のために、是非お見せいただきたいのです」

頭を下げて乞うた。

「それほど申すのであらば」

といいつつ桃姫はうれしそうで、

「こちらへまいられよ」

すっと立ち、打ち掛けを滑らせて廊下を歩きはじめた。二人は後に従っていく。外には離れの庭が見えていたが、ほどなく黄色、白、紫、緋色《ひいろ》、橙《だいだい》、薄桃色などの鮮やかな色が目に入り、菊特有のゆかしい芳香が流れてきた。

菊吾は池の縁にしゃがみこんで、菊の手入れをしていた。桃姫の姿に気がつくと、まずは立ち上がって頭を下げ、近づいてきて、廊下の姫を見上げる位置にかしこまった。

「また堀口か」

桃姫は舌打ちして、

「堀口はつまらぬ厚物や、手間ばかりかかる懸崖仕立てを、おまえに造らせようとする。さぞや、辛《つら》いであろう」

厚物というのは代表的な大菊の種で、ふっくらと典雅《てんが》で端正な花を咲かせる。誰もが愛でずにはいられない菊であった。また、小菊を使った懸崖仕立ては、当時、池のある庭では、池のへりにぐるりと造られることが多かった。

「とんでもございません」

締めた鉢巻きが清々《すがすが》しい印象の菊職人が、やっと顔を上げた。

「御家老様のご命令が辛いと思ったことなど、あろうはずもございません。ただわたしが好きな江戸菊を、姫様も好いてくださっておりますので、もっとたくさん育てて、お見せしたいものだと思っているだけでございます」

「おまえの江戸菊、ここへ」

「はい」

桃姫に命じられて菊吾は立ち上がり、群生している菊の中に入って戻ってくると、

「これを」

うやうやしく差し出した。

「黄色は江戸黄八丈《きはちじょう》、紅色は江戸絵巻、薄桃色は多摩の桜にございます」

「美しいの——」

桃姫は見惚《みと》れていたが、鋼次は心の中で頭をかしげた。江戸菊には厚物ほど親しんではいなかったが、それでも見たことはあり、

——なのにこいつは、見たことがあるような、ねえような、どっかおかしいような

——

そして、とうとう、

——わかった。この江戸菊は形がきまってねえんだ。江戸菊は乱れた形が女の寝姿に似てるっていわれるが、ただ乱れてるだけじゃ、いけねえんだ。美人の寝姿でなき

ゃ、さまになんねえ。これじゃ、どうしようもねえ、あばずれの寝姿じゃねえかよ——

さらに、

——ってえことは、こいつの職人の腕も知れたもんだぜ——

菊吾は男前で役者のように白く整った顔立ちをしていたが、笑うと目に卑しさ、あざとさが滲み、身も心も崩れた印象になった。まるで、出来損ないの江戸菊のように——。

六

鋼次はさらに、

——こんなやつに惚《ほ》れたら、骨の髄までしゃぶり尽くされるのがおちだぜ。美沙ってえのともほんとに兄妹なのか、わかったもんじゃねえ——

と案じたが、桃姫の方はきらきらした、恋する女の目で菊吾を見つめている。菊吾も一心を装って桃姫の目を見返している。家老の堀口がこの場を見たら、〝無礼者〟といって菊吾を成敗しかねない様子であった。

そこへ美沙が廊下を進んで、

「菊姫様」

と声をかけると、めくるめく白昼夢《はくちゅうむ》を楽しんでいた桃姫は、

「何であろう」

相手が美沙とはいえ、不機嫌な声になった。

「友昭《ともあき》様から御文と御品が届いております。御家老様から、すぐにお目を通されるようにとのおいいつけでございました」

「またか」

桃姫はさらに不機嫌になった。

「あの――」

美沙はさっきのこともあって、びくびくしている。いらいらしている姫は、

「まだ何か、いらぬことを堀口は申しているのか」

言葉を投げ出し、

「御家老様は、姫様が御文と御品にお目を通されたら、知らせてほしいとおっしゃっておいでです。大切なお話があるとのことでございました」

と美沙がいうと、

「どうして堀口は、家臣の分際《ぶんざい》でこうまでさしでがましいのであろう」

悪態をついた。

「御家老様には深いお考えあってのことでございましょう。どうか、菊姫様、御家老様といさかいなどなさらず、奥へおいでくださいませ。わたしはここで、ただただ菊姫様だけを想い、菊の世話をしております」

なだめたのは菊吾だったが、その目は口先とはうらはらに狡猾《こうかつ》な光を放っていた。

だが気がつかない桃姫は、

「わかりました。菊吾、おまえは真の忠義者ですね」

などといって目を潤ませ、また打ち掛けをすべらせて部屋へと向かった。そして、従って戻った二人が、広げた反物を畳みはじめると、桃姫は、

「そなたたち町方の者は誰を好いてもいいと聞きました。羨《うらや》ましい。わらわのこの苦しい胸の内、どうか聞いてたもれ――」

といって二人の手を止めさせた。

桃姫の話は、是非奥方にと望んでくれている、古手川《こてがわ》藩の嫡子友昭の容姿についての不満だった。菊吾と比べてあまりに劣るといい、先方から届けられた、絵師が描いた絵姿を見せてくれた。

たしかに桃姫のいう通り、描かれている次期藩主は、やや薄めの髷と子どものよう

に貧相な身体つきをしていた。これでも我慢できないが、こうした絵は贔屓目に描くとされているので、実物はもっと劣るにちがいないと桃姫は落胆していた。

その桃姫は友昭からの文を自分では読もうとせず、桂助に声を出して読むよう命じた。

読み終わった桂助は、

「とはいえ、篤実《とくじつ》でありながら賢くもあられる。御人物は申し分ないようにお見受けいたしますが」

感服し、さらに、

「何より姫様を強く想うお気持ちがあふれておいでです。それに――」

といって口ごもったので、鋼次は、

――いくら桂さんでも、相手が書いてねえ、寝小便の話はいけねえよな――

心の中でくすりと笑い、

――けど、ほんとは、寝小便の癖があるってえ噂があっても、いいってえほど相手は惚れてんだろ。だったら何よりじゃねえか。女冥利《みょうり》に尽きるたあ、こういうことだぜ――

一方の桂助は、

「何より姫様のお身体を、病まれている歯のことを案じておられます」

といって、文に添えられていた桃の枝を取り上げ、

「桃の枝を噛むと歯の病いがよくなる、という言い伝えはたしかにあるようです。これを聞いた友昭様は、桃姫様の御名にちなんだ桃の枝なら、きっとよく効くだろうと思いつめられ、少しでも歯がよくなるようにと、自らお庭に出られて桃の枝を手折られた、と御文に書かれていました。一途《いちず》なお優しいお気持ちが伝わってまいります」

といい、

「ところで友昭様の御文には、歯という歯が悪いと聞いている、とございましたが、そんなにお悪いのでございますか」

桃姫の顔をじっと見つめた。

「悪くないこともないが」

一瞬桃姫は戸惑《とまど》った。

すると桂助は、

「お顔が腫《は》れておられるようにお見受けいたしますが、大事ありませんか」

と聞いた。

桃姫はぎょっとして両手で頬を確かめ、

「顔などどこも腫れておらぬはず」

桂助を睨みつけた。

その桂助は、

「幼なじみに口中医がおりまして、いろいろと診たてを教わりました。何でも頰が腫れているのは、口中のどこかが悪い証とか――。わずかではございますが、桃姫様の右の頰が腫れています。右の奥歯がお痛みではありませんか。口中医におかかりになった方がよろしいかと思います」

といい、

「たしかにこのところ右の奥歯が痛む。けれども、口中医に診たてさせるほどのものではない。大事ない、大事ない」

桃姫が頑固に首を振ると、

「口中医がおおごとなら、診たてを教わった手前に、こっそり診せていただくというわけにはまいりませぬか。痛みを止める術も教わっておりますゆえ」

声をひそめてもちかけた。

実は疼く痛みに耐えかねていて、心が動いた様子の桃姫は、

「堀口に内密にするというのであらば」

とうとう桂助の前で口を開いた。

桃姫の虫歯は多くはなかったが、悪くなっている歯のうち化膿《かのう》しかけているものがあった。疼く痛みが続いているのはそのせいなのだった。

「とにかく痛みを止めてほしい」

必死に訴える桃姫に、桂助は、とりあえず、乾した生姜《しょうが》と雄黄《ゆうおう》を粉にしたものを痛む虫歯の穴に詰めた。しばらくは痛みが和らぐはずであった。

桂助が、

「これで治癒したわけではございません。幼なじみが申しますには、痛みが止まったところで、次には膿を出し、最後は歯抜きをしないと命にかかわることもあるそうです。明日またまいらせていただきとうございます」

といって治療を終えようとすると、

「そなた、慣れた手並み、呉服屋というのは偽りであろう」

と桃姫は憤怒《ふんど》に燃える目で睨みつけて、

「おおかた堀口にさし向けられた口中医であろうが、たくらみ通りにはいかぬぞ。今はもう痛んではおらぬ。堀口には、わらわの歯は悪いが口中医は不要と伝えよ。わかったな」

叫ぶようにいい、反物をまとめて部屋を出て行く際、桂助は
「なれど桃姫様、歯はまた必ず痛みます。どうかお治しになってください」

なおも諭したが、

「くどい。それにわらわは桃姫ではない。菊姫であるぞ」

とりつくしまがなかった。

この後、桂助たちは待っていた御家老に、ことの次第を報告して屋敷を辞した。桂助は、命取りになりかねない症状を説明し、

「くれぐれも桃姫様の歯のことはお心くばりなさってくださいますよう。何とかお家の口中医に診ていただくよう、早急に桃姫様をご説得ください」

といった。

一方堀口は桃姫の口中の虫歯の数を聞き、数えるほどであったことに安堵して、

「これぞ姫様の嘘の証ですぞ。お殿様、奥方様にもお話できるというもの。友昭様とのご縁組みを進めることもできます。藤屋殿、難儀なお役目、ご苦労でござった。この通り礼を申す」

深々と頭を下げた。

帰路、桂助はいつになく沈み込んでいた。それで鋼次は、

「どうしたんだよ、桂さん、元気だしなよ。お役目は無事すんだし、もうあんなわがまま姫の機嫌をとることもないんだ。せいせいしたもんじゃないか」

しかし、桂助は答えようとはせず、黙ったままであった。いった方の鋼次も自分が出した言葉のようには、気が晴れていない。美沙の方はわからないが、菊吾のような男をそばにおいていたら、いずれ桃姫の身に不運なことが起きそうに思えた。

「桃姫様の今後を案じてるのかい。たしかに菊吾ってえやつは、誰が見ても女たらしの相をしてやがったからな」

そこではじめて桂助は、

「そうでしたね、それもありましたっけ。ただわたしは歯の方を先に案じました。あのまま放っておくと、ほんとうに取り返しのつかないことが起きるのですよ」

といった。

七

何日かして、桂助は父長右衛門に呼ばれた。よほどさしせまった用件なのか、伊兵《いへ》衛《え》と駕籠《かご》が迎えにきた。藤屋に着くと、伊兵衛が耳元で、

「実は奥に萩島様の御家老様がおみえになっておられます」

と囁《ささや》いた。

長右衛門と向かい合っていた堀口三郎太は少し見ない間に白髪が増え、あまり寝ていない証拠に目が赤く、げっそりとした表情で、

「先生」

座敷に入っていった桂助に、すがりつくような視線を投げてきた。

「どうされました」

驚いた桂助が聞くと、

「桃姫様が出奔《しゅっぽん》されました。菊職人の菊吾と連れだっていなくなられたのです。八方手を尽くしましたが見つかりません」

と一気にいってから、

「美沙の話では、桃姫様はまた歯が痛みはじめていたそうです。その折、先生が治療に使われた薬は痛みによく効いたので、何としてもその薬をほしいといっておられたと――」

「それでわたしのところにみえられるかもしれないと、お考えになったのですね」

「まずは藤屋に立ち寄り、先生の居所を聞くのではと思いました」

聞いていた長右衛門は、むずかしい顔で、

「今もお話申しあげたのだが、桂助の〈いしゃ・は・くち〉の場所を知りたい、などというお客様は、一人もみえていないのだよ」

桂助の方を向いていっ た。

一方、堀口は、

「桃姫様は出奔の際、蔵の鍵を自由になさり、かなりの額の金子《きんす》を持ち出されているのです。戻らなければ、また商人に借財を重ね、藩政の赤字を増やすことになります。何としても取り戻したい。どうか、姫様が立ち寄るようなことがあったら、速やかにわたしどもにお知らせくださいますよう」

と念を押した。

〈いしゃ・は・くち〉へ帰った桂助がこの話をすると、

「桃姫はここにはこねえだろう。来たくてもこれねえな。あの菊吾みてえな男は、可愛いのは自分だけで、女は金蔓《かねづる》としか見ちゃあいねえもんだ。女が歯の痛みで苦しんでたって、同情なんてするもんか。金を持って一緒に逃げたとなりゃ、なおさらだ」

鋼次はいった。志保は、

「桃姫様は放り出されてしまわれるわけね」

「放り出してくれるならまだいいが――」

そこで鋼次が言いよどむと、

「膿《う》みかけていたむしばが案じられます」

桂助はいてもたってもいられない様子になっていた。

「けど、元を正せばあのわがまま姫の自業自得《じごうじとく》じゃねえかよ」

呟いた鋼次に、

「人の命の問題に自業自得はないでしょう」

めずらしく桂助の目が怒り、荒い口調になっていた。この二人の間にはついぞないことだったが、気まずい沈黙が流れかけ、気がついた志保は、

「わたしも御家老様が桃姫様のご無事ではなく、持ち出したお金のことばかり気にしておられるのは、ひどいんじゃないかと思っています」

とまずいって、二人がうなずくのを見極めると、さらに、

「一度桂助さんにお聞きしたいと思っていたことがあるんです。どうして、桂助さん、悪くなったむしばの治療に熱心なのですか。桂助さんほど、むしばで命を落とすかもしれないってことを、いつもいつも肝に命じてる口中医、この江戸にはいないんじゃないかしら。父の話では、口中科は人の生き死にとかかわらないから――」

桂助に聞いた。

「とかく口中が軽んじられるのは、歯や口の病いが源で命が奪われても、そうだとわからないことが多いからです。わたしが長崎時代、とうとう救えなかった大事な人もそうでした。化膿したむしばの毒が歯の根から全身にまわって、最後は心の臓を止めたのです。その時からわたしは一人でも多くの人が、むしばで死ぬことなどないよう、生涯をかけてつとめようと決めました」

この桂助の言葉に、志保は、

――桂助さんにはやっぱり忘れられない人がいたんだ――

ぐさりと胸に痛みが走りかけたが、

――でも、それでもわたしは桂助さんが好き。この人の望むことなら、何でもしてあげたい――

という思いの方が先行して、

「心の臓を止めることもあるなんて、むしばはほんとうに怖いものなのね。だとしたら、桃姫様のお命も危ない。何とかして姫様をお探しして、桂助さんの治療をお受けになっていただかなければいけないわ」

鋼次に同意をもとめた。鋼次はこれで、さっきの気まずさが一挙に払拭《ふっしょく》できると、

「ま、そういうこったな」

ほっとした表情になると、

「けど、むしばで命を取られるよりも、先に菊吾ってやつの毒牙《どくが》にかかっちまうことだってある。これはもたもたしてらんねえ」

勢いよく立ち上がった。

こうして桂助たちは桃姫の行方を探しはじめた。まず鋼次が巣鴨界隈《かいわい》の菊職人を当たったが、菊吾の名を知る者はいなかった。

そこで志保は父の道順《どうじゅん》のつてで、巣鴨界隈で開業している医者に聞いてもらった。患者の中に噂話の好きな老婆がいて、菊吾について知っていた。菊吾は菊職人の家の五男に生まれたが、生来の怠け者で辛い修業が続かず、女にもてることもあってぶらぶらと遊び暮らしていた。親に勘当された後、家を出ていってしまい、以来姿を見たことがないという。

それで鋼次はすぐ菊吾の親に会いに行ったが、

「なに、飛び出していったきりさ」

年老いた父親は迷惑げであった。

仕方なく鋼次は下っぴきをしている、幼なじみに頼みに行った。去年、団子坂での菊見の時、桃姫とお伴の者にいいがかりをつけたごろつきたちを探すためであった。菊吾が桃姫に金を持ち出させた以上、これはほぼまちがいなく、綿密に仕組んだ計画にちがいなかった。

下っぴきは菊吾に金をもらって頼まれたというごろつきたちをつきとめ、その一人が、

「あれは、はなっから芝居だったのさ。まさか、殴られるとは思っちゃいなかったが」

といった。

美沙は菊吾の妹などではなかった。菊吾に姉妹はいなかったのである。それを知った桂助は、

「すると、まだ、美沙という人がお屋敷にいるのも計画のうちなのでしょうね」

と合点し、日が暮れると屋敷の裏門を見張ることにした。見張り続けて三日目の夜、頭巾《ずきん》を被《かぶ》って大きな風呂敷包みを抱えた美沙が出てきた。暗い夜道に慣れているのか、すいすいと歩みを進めていった。もちろん桂助はその後をつけていく。

一方、そのころ鋼次はごろつきの知り合いの博打《ばくち》打ちから、菊吾の話を聞いていた。その博打打ちは、

「賽子《さいころ》はしょうもねえ下手の横好きだが、女に貢がせる腕だけはてえした外道《げどう》さね」

菊吾をさんざんにくさした後、

「しばらく見なかったが、風の噂じゃ、寺の賭場《とば》に居座ってるってえ話を聞いたぜ。寺の名かい？　たしか善宝寺《ぜんぽうじ》といった。そうだ、まちげえねえ」

と教えてくれた。

美沙は品川宿を抜けてさびしい町並みに入り、荒れ果てた寺の前で立ち止まった。桂助は風雨で煤《すす》けた表札の文字を読んだ。善宝寺とあった。美沙の後をつけて寺の中へと入っていく。

廊下を歩いていくと、障子でしきられた広間があって、中は煌々《こうこう》と灯《とも》りが点り、賭場が開かれている様子であった。〝壺っ〟〝四六〟〝勝負っ！〟と鋭い声が聞こえている。美沙は驚いた様子もなく、そこを通り抜けると、庫裡《くり》に続く廊下を渡った。

美沙が後ろを振り向いたら終わりだが、安心しきっているのか、一度も振り向かなかった。無人の寺なのだろう、埃《ほこり》を被っている厨には人も火の気配もなかった。

驚いたのは庫裡の中ほどに棺桶《かんおけ》が置かれていることであった。

美沙は棺桶の木の縁に顎を載せて、

「菊姫様、冥土《めいど》の土産によいものをお見せいたしましょう」

風呂敷の包みを解いて中の皿や香炉《こうろ》、掛け軸などを見せ、

「どれもたいそうお好きだったものでしょう。ですから、お心残りがないようにと持ってまいりました。あとはどうかわたしにお任せください。高く買われる方々はきっと大事になさってくださいますから、ご安心くださいね」

といい、からからと笑って、さらに、

「ねえ、菊姫様、この棺桶は一番安くて、すぐに腐ってしまうものなんだそうですよ。姫様のお身体が腐り果てて白い骨になるまで、持つかどうか――。まさか、菊姫様、ご自分がこんな亡くなり方をするとは、生まれてからこの方、思ったこともございませんでしょう。こんな寺に葬られては、菊姫様が眠っていることなど誰にもわからず、お殿様も大好きな奥方様も、お参りにはいらっしゃれないのですものね」

また一段高く笑った。すると棺桶の中からか細いながら、

「わらわは菊姫ではない。桃姫じゃ」

りんと響く声が聞こえた。

しかし、美沙は笑い続け、

「ここで死んで葬られるはこの世にいない菊姫ですよ。あれほど菊姫と呼ばれたがっていたではありませんか。ですから、今、永久にお眠りになるまでの間、何度でも呼んでさしあげましょう。菊姫様、菊姫様、菊姫様――」

唱《うた》うようにいい、すらりと懐剣《かいけん》を抜き放って、姫の顔に突きつけ、

「歯のお痛みでさぞやお苦しいでしょう。いっそひとおもいに楽にさせてあげたいのは山々でございますが、恨みが深くてできません。菊吾はわたしの男でございますよ。たとえ姫様でも想いをかけるなどもっての外です。歯痛に苦しみ、生きながら葬られるのは、人の男に横恋慕《よこれんぼ》した罰でございますよ」

そうやって桃姫をいたぶっている美沙が、厨から離れる様子はなかった。美沙を縛り上げて、桃姫を背負って助け出すことは、やってやれぬことはないように思える。桂助も男である、そこそこの力はあった。

だが、美沙が騒いで賭場のある部屋へと聞こえたらどうだろう。桃姫を救い出す前に殺されてしまう。そして桃姫は生きながら棺桶に入れられたまま埋められるのだ。

桂助がどうしたものかと、思い悩み、立ちすくんでいると、

「桂さん」

小声で囁かれ肩を叩かれた。遊び人姿の鋼次であった。

桂助は驚いたが大声は出さなかった。

うなずいた鋼次は、菊吾の居場所を聞いて、遊び人を装って寺の賭場に潜り込み、囚《とら》われているにちがいない桃姫を探していたのだった。

「やるか」

「やりましょう、今です」

二人は抜き足差し足で美沙に近づいた。まず鋼次が美沙の口を押さえて背後から捉え、持っていた懐剣を叩き落とした。羽交《はが》い締めにされた美沙は足をばたばたさせて暴れた。そこで桂助は素早く当て身をくらわせた。美沙が気を失うと、鋼次は落ちていた風呂敷を拾い、さるぐつわ代わりにして噛ませた。そして桂助は棺桶の中でぐったりしている桃姫を抱き上げた。さらに鋼次は、美沙の帯揚げと帯締めを外して手足を縛ると、桃姫の代わりに棺桶に放りこんだ。後は夜目《よめ》に隠れて寺を抜け出すだけであった。

こうして、歯の根が化膿し、高い熱が出て瀕死の状態だった桃姫は九死に一生を得た。

大名家の醜聞《しゅうぶん》であるゆえに、いっさい表沙汰にはされなかったが、しばらくして、善宝寺の庫裡で、物乞いが女の死体を見つけた。死体はそばにあった懐剣で胸を一突きされていた。町方は、この寺が賭場やいかがわしい男女の逢い引きに使われていると承知していたので、おおかたその手の好き者の仕業《しわざ》と見なして終わった。

美沙を殺したのは、桃姫を逃したことを憤った菊吾の仕業と思われたが、ほどなくこの菊吾は別の賭場で八百長が発覚した際、なますのように斬られて死んだ。

美沙については、持っていた懐剣にさる旗本の紋があったことから、道を踏み外した旗本の娘の末路と瓦版屋《かわらばん》は騒いだが、その旗本の家ではその事実を認めなかった。美沙が葬られたのは無縁墓であった。

桂助は引き続いて桃姫の治療を行った。桃姫が菊吾の口車に乗って持ち出した蔵の金は、美沙が屋敷より盗んだ書画《しょが》骨董《こっとう》などとともに戻らなかった。菊吾の博打や遊興で泡のように消えてしまっていたのである。

しかし、幸いなことに、古手川藩の友昭との縁組みは整った。

桃姫を気遣う友昭の文には、蟹《かに》の甲羅《こうら》でも食べることのできるほど、丈夫な歯になるようにと、手ずから蟹を描き、小絵馬を歯痛平癒祈願として、国の神社に納めさせたと書いてあった。

桃姫は人が変わった。自身の愚かさを恥じて、時折、暗い顔になり、友昭のような賢明で立派な夫に嫁ぐ自信など、どこにもないのだと桂助に洩らした。

そこで桂助は、

「桃姫様は、藤屋の息子であるわたしを、実は口中医が本業だと見抜かれたではありませんか。ですから決して愚かではありません。友昭様が頼りにされるに十分なお方です。もっと自信をお持ちになってください」

といい、さらに、

「わたしがお勧めした菊熨斗の打ち掛けを、嫁ぎ先にお持ちになられると聞きおよんでおります。さぞやよくお似合いだと思います」

微笑《ほほえ》んだ。

# 第四話　はこべ髪結い

# 一

その年は寒さが早く、霜が降りるとほどなくちらちらと雪が舞い降りてきていた。

「ごめんくださいまし」

〈いしゃ・は・くち〉の戸口で声がして、白い息を吐きながら若い男が入ってきた。商売道具を入れる台箱を手にしていた。嘉助《かすけ》は髪結いが稼業であった。待合い処《どころ》で待っていた嘉助は、治療処で桂助《けいすけ》と向かい合うと、

「ちょいと歯を痛めまして」

照れ笑いを浮かべた。

口の中を診た桂助は、

「これはひどいですね」

眉をしかめ、

「むしばが欠けて歯肉が腫《は》れています。無理やり固い物を噛みましたか。それとも——」

この時代口中医は高かったので、香具師《やし》の手伝いをして歯抜きをしてもらうことが、

そうめずらしくもなかった。寸劇のように歯抜きを妙技として見せつつ、歯磨き粉を売ったり、入れ歯の注文を取っていたのであった。

それでも、子どもの歯だと根が浅いので、ことなきを得るのだが、大人の歯となると根は深く、抜きそこなうことが多かった。抜けないまま放り出されるのならまだしも、根だけ残されて歯を折られるのは災難であった。

折れたり欠けたりした箇所から虫歯が根に及ぶこともあったし、すでに根が化膿《かのう》している場合もあった。

「あんまり痛むんで、釘抜きを口の中に入れて、えいと自分で叩きましてね。それがいけませんでした」

嘉助は頭を掻《か》いた。

聞いた桂助はおやおやと呆《あき》れたが、こちらの方が気になって、嘉助の額に手を載せてみた。

「熱もいくらか出ていますね」

いつか診た魚屋ほどの高熱ではなかったが、相手の額はじわっと熱かった。

「まずは身体《からだ》を休ませ、この熱を下げてから、残った歯を抜くことになります」

と桂助はいって、まずは黄連解毒湯《おうれんげどくとう》を煎《せん》じて飲ませることにした。これは黄連や黄《おう》柏《ばく》、黄芩《おうごん》、山梔子《さんしし》を処方したもので、歯からくる熱によく効いた。

「それが休めねえんです」

嘉助は思いつめたようにいい、

「これも有り難《がて》えが、ふわふわしてくるようなら飲めません」

じっと薬湯《やくとう》を見つめて手にしたまま、飲もうとはしない。

「それは困りました」

そういった桂助だったが、

「仕方ありません。残った歯は今抜き取ることにしましょう。ただその前に薬は飲んでください。お願いします」

こうして嘉助は薬湯を飲んだ。折れた歯近くの歯茎には、烏頭《うず》や細辛《さいしん》、山椒《さんしょう》などを砕いた粉が塗布された。この後、先端がわずかに湾曲している細いへらを、痺れている歯茎に当て、ぐいぐいと押ししごく。やっと抜けた時、桂助は汗だくになっていた。

抜いた歯の根を調べて、

「よかった、それほど化膿はひどくありませんでしたね」

桂助はほっとした顔になって、

「これを欠かさず飲むのですよ」

黄連解毒湯の粉薬を持たせることにした。

「ありがとうございます」

その嘉助が立ち上がり、障子を開けて廊下に出ると、

「嘉助さん」

町家の下働きと思われる娘がいた。

嘉助は眉をひそめて、

「おみよちゃん、だめじゃないか。お店の仕事を放って出てきては」

咎《とが》める口調だったが、頰《ほお》はゆるんでいた。相手が案じてくれているのがうれしい様子であった。

「だって嘉助さんの歯、頼まれたとはいえ、あたしが、借りた釘抜きで無理やりえいってやっちまったんだもの。しくじって、気にかかって仕方なかったのよ。それに、もうすぐ祝言でおひまをいただくって、申し上げてあるから、お店の方は大目に見てくれているの。嘉助さんにもしものことでもあったら、あたし、あたし、どうしたらいいか――」

みよは袂《たもと》で目を拭いている。そこまでになると、さすがに嘉助も顔を赤らめ、

「馬鹿。俺が恥ずかしいじゃないか」

大声で叱った。

二人を戸口まで送った桂助は、折れた歯を押しごいて抜いた疲れが出て、まずは喉を潤そうと厨《くりや》へ足を向けた。

「これはありがたいですね」

厨では蒸し器が白い湯気をあげていた。志保が酒まんじゅうをこしらえていたのだ。

「道理でよい匂いがしていたはずです」

桂助は喉も渇いていたが、空腹でもあったことに気がついた。

「桂さん、いるかい」

戸口で鋼次《こうじ》の声がした。

その鋼次を招き入れると、またすぐに、

「ごめんください、繭屋《まゆや》のおゆうでございます」

しっとりと優しい声がした。

おゆうは相変わらずまばゆく美しかった。前に顔を見せた時は秋で、朱鷺《とき》色の紅をつけて茶の着物を着ていたが、冬場の今は、咲き始めた椿の色に唇を塗っていた。姿のいいすらりとした身体を、普段着の黒い大島紬《つむぎ》に包んでいたが、唇の深紅と豊かな黒髪が細面《ほそおもて》の白い顔に映えて、いわくいいがたい色香を醸《かも》している。

──天女みてえな人だな。おっと、俺の天女は観音様の志保さんだっけ。けど、やっぱりきれいだぜ──

鋼次は見惚《みと》れ、気がついた志保は、密《ひそ》かに心の中で、

──でも、おゆうさんなら仕方がないわ。男の人なら誰だって、見惚れるはずだもの。きれいな人。自分を心得ている──

とやはり見惚れた。そして、思わず気になって桂助の方を窺うと、桂助はまるでおゆうを見ないようにしているかのように、じっと目を伏せている。それが鋼次と比べていかにも不自然で、

──桂助さん、おゆうさんを気にしている──

志保の心を知るよしもないおゆうは、

「つかぬことをうかがいますが、ここへ、嘉助さんという人が治療にうかがっていませんでしたか」

案じる様子で桂助に聞いた。

# 二

桂助は、

「嘉助さんなら今、おみよさんが迎えに来て、仲良く帰られたばかりですよ。お知り合いでしたか──」

と答えた。

おゆうは、

「廻り髪結いの嘉助さんはたいそう腕がよくて、繭屋にも出入りしてもらっているのです。わたしもお世話になっていて、話などするようになりました。何日か前から、髪を梳《す》く様子がいつものようではないので、聞いたところ、自分で痛むむしばを抜こうとしたが、抜き損なって折れたままだというのですね。それでこちらをお世話したのです。欠けたむしばは抜くのが相当むずかしいと思いまして──」

うなずいた桂助は、

「でも、無事に抜けましたから、もう大丈夫でしょう。ただ、奥のむしばが欠けたのは、おみよさんに無理やり頼んでやってもらったからだとか──。それでおみよさんは案じるあまり、いてもたってもいられず、ここへやってこられたのです」

「まあ、そうでしたか」

おゆうは目を丸くして驚き、

「嘉助さんはおみよちゃんを庇《かば》い、おみよちゃんは嘉助さんのことを一途《いちず》に案じる――お互いに相手のことばかり、思いやっているのですね。祝言前の若い人たちの情は、こちらが羨《うらや》ましいほどです」

といい、さらに、

「わたしは嘉助さんにお願いして、おみよちゃんとも会っています。おみよちゃんは今時めずらしく、明るい働き者です。嘉助さんにもよく尽くすことでしょうし、あの二人はきっとよい夫婦になると思います。ところで、ここの皆さんにお願い事があるのですが――」

黒目がちの大きな目を瞠《みは》って、志保、鋼次、桂助の順に黙礼した。

「わたしはここで手伝いをさせていただいているだけの身です。これといってお役にたつことなどありはしません」

一番はじめに黙礼を受けた志保は、いぶかしげにおゆうを見つめた。

「俺にできるのは房楊枝《ふさようじ》だけだよ。怪しいものを作るのはもうごめんだ」

といった鋼次の目は警戒を露わにしていた。以前、鋼次は寺の住職のうまい話に乗せられ、ご禁制の品を扱う仕事に誘われかけたことがあったのである。

するとおゆうはやや悲しそうな表情になって、

「決してご迷惑のかかることはお願いいたしません」

きっぱりと約束して、

「実は嘉助さんは、おみよちゃんと祝言をあげて、店を持つことになったのです」

「へえ、そりゃあ、すげえな。髪結い床を開くには、株を買うだけで相当のもんだろうが——。けど、廻り髪結いをやってて、そんなに銭がたまるもんかね」

鋼次は首をかしげた。髪結い床の株の値は、房楊枝一本のおよそ十万倍であった。廻り髪結いとは店を持たず、腕一本で客の家を渡り歩く出張専門の髪結いである。

この廻り髪結いと髪結い床を訪れるのとでは、あまり手間賃は変わらなかったから、移動ばかり多くて数をこなせない廻り髪結いが、株を買うだけの金をためるのは至難の技であった。下働きをしているおみよの親が、株を買う金の助けをするとも思えない。

「嘉助さん、ご運に恵まれたのですよ。ご贔屓《ひいき》の質屋のご隠居様に、身を固めることになったとお知らせしたら、株のお金は催促なしで貸すから、店を出してみないかといわれたのだそうです。きっといい腕を見込まれたのですね。それでも、どうしようかと迷ってて、わたしに相談してくれたので、そういういいお話はめったにあるものじゃないから、是非《ぜひ》お受けするように勧めたのです」

「なるほど」

鋼次はうなずいた。そして、

「それで？」

どうして、おゆうが自分たちに頼み事をするのかは、まだわからなかった。するとおゆうは、

「嘉助さんは堅い人なので、借りたお金は早く返したいと思いつめているのですよ。それでわたしもせっかく知り合った縁でもあるし、二人のために何かしてあげたいと思ったのです。もちろん質屋のご隠居様のようなことまではできませんけれど、ささやかでも役に立ちたいと思いまして――」

そういったおゆうはいきなり両手をついて、

「どうかお願いです。ここの皆様で房楊枝と歯磨き粉をお作りになってください。二人のためにです」

頭を畳にすりつけた。

驚いた志保は、ややうろたえもして、

「どうか頭をお上げください」

と、まずいい、

「まだわたしにはよくわかりません。房楊枝と歯磨き粉がどうしてお二人のためになるのか――」

当惑げに首をかしげた。

頭を上げたおゆうは、

「髪結い床を開けば廻り髪結いをしている時よりは、稼ぐことができます。しかし、少しでも早く借金を返すためには、髪結いだけではなく、別の物も売ることだと思うのです」

頬を紅潮させ、目を潤ませている。その様子は普段の華やかだが清楚な色香を超えて、燃える炎のような猛々しさがあった。たじろがせられるほど蠱惑的《こわくてき》で美しい。

志保は密かに、

――きれい。でも怖いくらい――

黙って聞いていた桂助は、

「髪結い床に房楊枝や歯磨き粉があるのは、悪いことではないと思います」

はじめて口を開いた。

当時の髪結い床は現在と違って、女の客よりも男の客が多かった。髪の長いのが普通だった女性の髪結い賃は、男性よりもはるかに高かった。そのため庶民の女たちは、めったに髪結い床など訪れることができず、洗ってくるくると頭に巻きつけ、一つにまとめていた。

一方、働きに出る男たちには体面があり、髪の手入れは欠かせなかった。それで、髪結い床には圧倒的に男の客が多かった。そのため、身分があったり、夫が金持ちだったりする女たちは、こうした髪結い床を敬遠して、家に廻り髪結いを呼んだ。髪結い床は男中心の社交場だったのである。

それで桂助は、

「男の人には、歯や口の中を掃除するのが嫌いな人が多いのです。女の人はお歯黒で歯を守ることができていますが、男の人はお歯黒をしません。その上つきあい酒などもあって、飲み食いしたまま、すぐ布団に入ることも多いのです。これを続けると歯草《はくさ》になりやすいのですよ。それでいて髪には結構気を使っているようですから、髪結い床に房楊枝や歯磨き粉があれば、思いついて、歯や口の掃除に励んでくれるかもしれません。ですから、わたしはおゆうさんのお話を受けたいと思いますが――」

と言いかけて、一度言葉を切ってから、

「ところでおゆうさん、どんな房楊枝や歯磨き粉を置かれるおつもりなのでしょうか」

正面からおゆうを見つめた。その目は患者と対する時と変わらない、信念を通す口中医のものであった。

おゆうはたじろかず、

「先生はいったい、何を案じておられるのでしょうか」

微笑《ほほえ》みながら聞いた。

桂助は、

「わたしが案じているのは、見栄えばかりかまった、くわえていて形のいい房楊枝や、害もないが益もない、香りがよくて紅色の歯磨き粉が人気になることです」

するとおゆうは、

「それでは先生はどんなものならよいとお考えなのですか。是非お聞かせください」

微笑みはそのままで、じりっと膝を進めた。

一方、桂助は、

「房楊枝については、幅があって柄の部分が舌こきになる、丈夫なものをと思います。とかく暴飲暴食になりがちな男の人の舌は、舌こきでいつも掃除してほしいものです。

舌の汚れを放っておくと、悪いでき物になることもあるのですから。それから歯磨き粉の方ですが、是非勧めたいのは、はこべ塩ですね。これは歯草を防ぐのにもってこいなのですよ」

淡々と続けた。

三

所帯を持った嘉助とおみよの店は、〝桜床〟と名づけられた。〝桜床〟では鋼次の作った、肝木《かんぼく》と黒文字《くろもじ》の房楊枝と、はこべ塩が並べて売られはじめた。房楊枝はどちらも男物でそっけないほど実用に適していたが、値は他の場所で売っているものより、高かった。やなぎ類に比べて肝木や黒文字の木が少なかったからである。それもあって、当初〝桜床〟を訪れる客たちは、

「なんだ、房楊枝か」

手にとってみることもしなかった。

女房のおみよは茶など出して嘉助の手伝いをしていた。このおみよはまず、はこべ塩を勧め、

「お客様、歯の茎から血が出るようなことはございませんか。お口の臭いが気になりませんか。年は歯や口からとるという謂《いわれ》もございます。ですから、是非これをお試しになってくださいませ」

と関心をそそっておいて、

「そしてこの房楊枝、ただの房楊枝ではございません。多少値は張りますが、持ちがいい上に、はこべ塩と一緒にお使いいただければ、よくしなってお口の隅々まで届き、はこべ塩の効き目が増します」

巧みに対《つい》で売りつけた。もともと度胸はいい方で、いざとなれば口上も上手《うま》かった。お歯黒をつけてすっかり新妻らしくなったおみよは、特に美人というわけではなかったが、とにかく初々しく、特有のまだ青い色香があった。それであっという間に客に人気が出て、すぐに、おみよを目当てに通ってきてくれる馴染《なじ》み客ができた。

はこべ塩を作るのは、治療に忙しい桂助に代わってきてくれた志保の役目であった。今になって志保は、それであの時、おゆうは真っ先に自分に黙礼したのだとやっとわかった。

——きれいなだけではなく、たいした人なんだわ——

志保はため息をついた。そのおゆうに比べれば、医者の家に育ち、桂助の薬草園を手伝ってきただけの自分など、年をとっているだけで、吹けば飛ぶような小娘のようなものだと思える。情けない気はしたが、だからこそ、おゆうに納めるはこべ塩はこれぞという物を作らなければと、気合いを入れてかかっていた。

はこべ塩は歯磨き粉の元祖であった。本来は端午《たんご》の節句に生のはこべの茎葉を採り、絞って汁を作り、これを塩と混ぜてアワビ貝に盛り、焼いた後また汁を加え、一週間ほど乾かして作った。

ただこれだと春から夏までの限定ものになってしまう。はこべの効能は豊富に含まれる灰分、ミネラルである。そこで桂助は、春夏の間に多量のはこべを採って、乾燥させ、治療用に蓄えていた。こうして、歯草になりかけている患者には、四季を問わず、乾燥はこべを擂《す》って塩と混ぜ、与えてきたのであった。

はこべ塩の善し悪しは、乾燥はこべをいかに粉状に微粒に擂れるかにかかっている。塩粒より細かいぐらいでないと、よく混ざらず、使い勝手が悪いからであった。

しかし、志保は乳鉢《にゅうばち》を抱え乳棒《にゅうぼう》を手にして、日々この手間のかかる仕事をこなした。おかげで、〝桜床〟のはこべ塩はなかなかのものだという評判になった。

志保はほっと胸をなでおろし、〝桜床〟へ房楊枝やはこべ塩を持ち運ぶおゆうは、目をきらきらさせて、

「おかげさまで何もかも上手くいっております」

と自分のことのようにうれしそうにいった。

おゆうは、この仕事は道楽のようなものなので、藺屋の奉公人は使えないといい、十日のうち一回は、〈いしゃ・は・くち〉と〝桜床〟を行き来していた。

そんなある日、おゆうはおみよを伴って訪れた。おみよとは前に嘉助を案じてやってきた時会っただけだったが、その時は、丸顔のおみよは全体にふっくらとした印象だった。ところが今は、病的にまでではないにしろ、かなり目方が減っているように見えた。ぎすぎすした様子であった。

そこで桂助は、

「歯がお痛みなのですか」

と聞いた。歯が痛むと食べられず、眠れず、肩まで凝って、さらに気持ちが落ち着かず、痩せることがあった。

うなずいたおみよは、

「前の下の歯が沁《し》みて」

短く訴えた。

口の中の沁みるという歯を診た桂助は、

「むしばではありませんね」

といい、

「気分がいらいらするようなことは？」

「このところ、あまり眠れないので」

そういっておみよは目を伏せた。桂助はおみよの肩に触れて、

「ここも板のように凝っていますね」

結局、葛根湯《かっこんとう》を処方した。葛根湯は悪寒《おかん》、発熱、頭痛を伴う風邪によく効く薬である。それは、緊張して血流の悪くなった首と背中を緩和させ、発汗させて熱を下げる効能があるゆえである。

葛根湯には、熱はなくとも、首や背中が張って陥る不眠にも効き目があった。虫歯や歯草などではなく、歯が沁みる場合は、肩こりや不眠など、とかく心労がたたってのことが多かった。

「お忙しいのでしょう。きっとお疲れなのですよ」

桂助にいわれておみよはうなだれた。

おみよの治療が終わると、おゆうは、

「はこべ塩や房楊枝も売れていますが、このところ〝桜床〟は〝押すな、押すな〟なのですよ。おみよちゃんのおかみさんぶりも、すっかり板について、それはそれはた

いしたものです」

心からうれしそうにいって、おみよを見る目を細め、

「だから少し疲れたのよね。でも、よかった、歯ではなくて。もう大丈夫よ、先生にお薬もいただいたことだし、これで安心して嘉助さんを助けることができるわね」

とおみよにいい、

「ところで先生、嘉助さんとも話したことなのですが、お客さんの中には息を清めるうがい薬を売ってほしい、という方が結構いらっしゃるんだそうです。ねえ、おみよちゃん、そうよね」

同意を求めたが、おみよはうなずくこともしなかった。するとおゆうは、

「わたし、せっかちでごめんなさい。すぐには具合、よくならないわよね」

謝る言葉を口にした後、

「今、老舗《しにせ》の歯磨き屋で大売れしているのは、〃息美香《そくびこう》〃というものです。お酒にお砂糖と薄荷《はっか》を混ぜているのですが、すっとして味がよく、高いのに売れているそうです。効き目はあるのでしょうか」

「薄荷はともかく砂糖は感心しませんね。むしばの大敵ですから」

桂助は答え、

「わたしなら砂糖は使わず、桂心《けいしん》を勧めたいですね。桂心には浄化作用がありますから。あとは――」

　といいかけた時、

「もうたくさんです。結構なんです」

　顔をあげたおみよが立ち上がった。

「おみよちゃん、いったい――」

　うろたえるおゆうに、

「おゆうさんには大変お世話になったと感謝しています。でも、もう嫌なんです。こうしているのも、〝桜床〟なんて店の名も、嫌で嫌で仕方ないんです」

　といっておみよはわっと泣き出し、戸口から走り出ていった。

　桜といえばおゆうの好きな花であった。早くに亡くなった母親の思い出にと、めったにない巨木まで探して買って、毎春、庭で花を愛《め》でているのだった。

　一方、嘉助が桜の名を髪結い床につけたのは、多少、おゆうへの感謝の気持ちもあったかもしれない。だが、それだけであろうはずはなく、江戸で一番流行《はや》っているといわれる髪結い床〝梅床〟に対抗するためであった。

　――おみよちゃんを傷つけてしまった。お節介がすぎたのね。また悪い癖が出てしまった——

咄嗟《とっさ》にそう思ったおゆうは、さすがに青ざめたが、

——でも、嘉助さんとした仕事の話は片をつけておかないと。ごめんね、おみよちゃん、最後のお節介、許してね——

心の中でおみよに手を合わせ、

「先生、あとは——とおっしゃった先を続けてください」

桂助を促した。

「桂心は肉桂《にっけい》ですから、これに甘草《かんぞう》と細辛を混ぜれば、男の人に好まれる味になって、〝息美香〟にも負けないと思います」

と桂助は提案した。ようはシナモン味で自然に甘く、ややほろ苦くもあるというものであった。

「ではそれをお作りいただけますか」

おゆうは念を押し、桂助はうなずいた。帰り際におゆうは、

「このうがい薬、先生に是非名前をつけていただきたいのです。先生の命名によるものというただし書きを添えたいと思っています。先生は江戸で知る人ぞ知る口中の名医。そうしていただければきっとよく売れます」

といった。

それからおゆうはしばらく〈いしゃ・は・くち〉に姿を見せなかった。房楊枝やはこべ塩は、雇い入れられたばかりだという、〝桜床〟の下働きが取りに訪れた。おゆうはあれから〈いしゃ・は・くち〉と〝桜床〟を行き来するのを、すっぱりとやめたようであった。

## 四

桂助は訪れなくなったおゆうの心を案じた。おゆうは嘉助とおみよのために力を貸すのが、うれしくて仕方がないようだった。思えばおゆうは、前にも似たような世話をしようとしていたことがあった。だが、藺屋の奉公人だったお紺《こん》の許嫁《いいなずけ》加助《かすけ》は強欲な福屋《ふくや》にそそのかされて、福屋の悪事の片棒を担がされたあげく、福屋に謀《はか》られて殺されてしまった。店を出すのを応援してやろう、というおゆうの好意は実現しなかった。

――それで今度こそはと思ったのだろう――

と桂助は思ったが、

——だが、どうしてここまでおゆうさんは、夫婦になる若い二人のために尽くしたいのだろうか——

繭屋で夜桜を見ていた時、おゆうは、好いた相手と駆け落ちしながら、貧しさゆえに喧嘩《けんか》が絶えず、若くして病気で死んだ母親の話をした。

——変わった供養《くよう》の形とお笑いくださいませ——

おゆうのその言葉は、父親も仕事さえ上手くいってさえいれば、酒や博打《ばくち》に溺れることもなく、母親も幸福で早死にするようなことはなかった、という意味だったように思われる。あの時はそうなのかと納得できたが、今となってみると、

——ほんとうにそれだけのことなのだろうか——

桂助は懐疑的になっていた。

——もしかして、おゆうさんは、自分がおみよちゃんのようにはなれない、行く末、普通の幸せとは縁がない、と思い詰めているのではないだろうか。だからせめて知り合った若い人たちには、何としても幸せになってほしいのでは——、その人たちに自分の夢を重ねたいのでは——

そして、なぜそんなふうに思えてならないのかと、考えているうちに、おゆうが時折見せる、何ともいいようのない憂いを含んだ表情に行き当たった。

──なぜ、あの闊達《かったつ》で商売上手のおゆうさんが、さびしくて、心もとなくて、必死で泣くのをこらえている、可哀想《かわいそう》な童女のように見えるのだろうか──

そう思うと、桂助はおゆうのことが気になってならないのだった。日に一度はその思いが心に浮かんだ。もっとも桂助は、まだ、自分一人が、おゆうに潜んでいる翳《かげ》りに気がついているとは思ってもいなかった。それゆえ確実に、桂助はおゆうを想いはじめていたのであった。

おゆうから頼まれたうがい薬はできあがっていた。シナモンである桂心、甘草、細辛を等分に粉末に擂って混ぜたものだったが、名は〝桂心香《けいしんこう》〟とした。

これを桂助は自ら足を運んでおゆうに届けた。忙しく働いていたおゆうは、非の打ち所のない身じまいと化粧をしていて、誰もがまばゆいと感じる笑顔を絶やしていなかった。だが、やはり桂助には、光り輝く笑顔の奥に、おゆうの憂いが透けて見えるのだった。

「桂心香、よい名ですね」

おゆうは手ずから茶を運んできた。

「桂心の香りが強いうがい薬ですので」

「それよりわたしは、桂心の桂が先生のお名でもある、というのが気にいっています。

〝桂心香〟、先生のお心のままに作られたものということにもなります」

そういった後、おゆうは筆を持ち、

「この〝桂心香〟の用い方をお教えください」

と聞いて、

「少量を適量の水に溶かして用いること。日に三度用いて、三十日は続けていただくのが好ましいですね」

桂助が答えると、その言葉を達筆でさらさらと半紙にうつした。それを念のため、桂助にも見せ、

「これに先生の御名を加えさせていただいて、ただし書きにするつもりでおります。引き札にも使わせていただきます」

といった。引き札とは現在の折り込み広告のようなものである。

「嘉助さんやおみよさんもきっと喜ばれることでしょう」

知らずと、桂助はおゆうの胸中を思いやっていた。

するとおゆうは首を振って、

「それはどうでしょう。お節介がすぎる、とまたおみよちゃんに叱られるかもしれませんよ」

苦い笑いになった。さびしい童女の目の色をしていた。そこで桂助は、

「あなたは女にしておくのが惜しいほど、商売に通じておいでです。もとめて手に入らぬものなど、ないかのように見受けられます。そのあなたがなぜ、人ばかり幸せにしようとなさるのですか。ご自分が幸せになることはお考えではないのですか」

思いきって聞いた。

おゆうはそれには答えず、

「まあ」

目を瞠り、

「同じようなことを、わたしも先生にお聞きしたいと思っておりました」

といって一度言葉を切ってから、

「先生は江戸で一番の呉服問屋の若旦那でいらっしゃいましょう。それなのにどうして、人助けの口中医などなさっておいでなのです。そして、まだお一人なのです。可《か》愛《わい》いおかみさんを貰《もら》われて、とっくに店を継がれていても、少しもおかしくないお年でございましょうに」

じっと桂助を見つめた。

桂助は、

「なぜでしょうね」

ふっと呟《つぶや》いてから、

「ある時、実家の藤屋《ふじや》には、実は自分の居場所がないのだと感じました。幼い時からずっと、両親や店の者に真綿《まわた》でくるまれるように、大事にしてもらってきたにもかかわらずです。おそらく商売に向かず、人助けが性に合っていたのでしょう」

「女の方よりも人助けなのですか」

おゆうはなおも追及してきた。

「それは」

桂助は一瞬戸惑《とまど》ったが、

「実は好いた相手がいました。長崎の役人の娘で彩花《あやか》といいました。兄上と知り合いになり、彩花を交えて話をするようになったのです」

話しはじめた。

「さぞかし、お美しい方だったのでございましょうね」

おゆうはきらっと光りかけた目を伏せて、さりげなく聞いた。

「まず優しく、次に賢く、強い人でした」

答えた桂助ははじめて自分の心に気がついた。かつて愛した彩花と目の前のおゆうとは、ともに美貌で知力に優れているというだけではなく、気性が似ているのであった。

「その御方となぜ結ばれなかったのですか」

「不幸なことに長崎奉行の御目に止まり、側室にと望まれたのです。当地では奉行の力にかなうものはおりません」

当時を思い出した桂助の口調は重くなった。それでも自分を励ますようにして、

「当然、彩花の家では、わたしたちの仲に気がついていました。そこで会うことを止められ、わたしは屋敷に通っても会わせてもらえず、そのうちに亡くなったと聞きました。歯が痛んで口中医にかかった彩花は、診たてが悪く、高い熱に苦しみ、全身にむしばの毒がまわったのです。以来わたしは彩花の命を奪った口中の病いを憎み、亡くなった彩花のためにも、多くの歯で苦しむ人たちを助けたいと思うようになったのです」

うなずいて聞いていたおゆうは、

「彩花様はお幸せな方。きっと先生は終生、彩花様を想われておいでなのでしょうね――」

といい、

「ですからやはり彩花様は羨ましいほど、お幸せな方です」

ため息をついた。

そして、ふと思い出したように、

「わたしの話もお聞かせしなければ」

手を打って小女《こおんな》を呼んで、

「〝歌羽根《うたはね》〟をここへ」

近頃飼い始めたという鶉《うずら》の籠《かご》を持ってくるようにいいつけた。

鶉は鶯《うぐいす》などに比べて長く引くように鳴く。それが秋の松風にも、また琴の調べにも似ているとして、当時の好事家《こうずか》たちは競うように飼っていた。下谷、浅草などに花鳥茶屋があって、そこでは飼い主たちが各々の鶉を持ち寄って、声の優劣を決める〝鳴き合わせ〟が行われるほどであった。

おゆうは小女から籠を受け取ると、中の鶉を桂助に見せた。普通鶉は尾が短くふっくらと丸い姿をしている。加えて、その鶉は、ほおから胸までは柿色で美しく、首がすらりと伸びて胴が長かった。大きめの長い頭は堂々としていて、覇者《はしゃ》の風格があった。

おゆうは、まず、

「おみよちゃんのことはこたえました。それで、いい加減、人のお節介はやめなくてはと思ったのです。そうは思っても、何だか、心にぽっかり穴が空いたようにさびしくて――。小鳥を飼うことを思いついたのです」

といった。

# 五

さらにおゆうは、

「これは、奥州《おうしゅう》南部から小鳥屋が仕入れた鶸です。何でも草深いところで育った鶸は、声が大きく高く、申し分のない鳴き鳥なのだそうなのです。ところが籠のまま運ばれる途中、うっかり地べたに落とされてしまって、羽を痛め、脚を折ってしまったのです。身体が不自由な鶸は、よい声で鳴かないとされているそうです。この〝歌羽根〟も、手当はされたもののまだ治りきれず、脚を痛めている証《あかし》に、籠に肩先をつけてまわっていました。こんな様子では、買い手がつくわけがないから、いずれは始末することになると小鳥屋はいっていたのです」

といい、籠へ手を伸ばすと、中から鶸を出して、手の平に載せた。そして、愛《いと》おしげに羽を撫《な》でてやると、鶉はクックルクー、クックルクーと得意げに鳴いた。

「他に買い手がない鳥なら、わたしが飼ってもいいのではないかと思いました。〝歌羽根〟と名付けたのは、せめて羽だけは治してやって、いずれは羽子板《はごいた》の羽根のように、できれば故郷の南部の大空へ、声高く鳴きながら羽ばたかせてやりたいと思ったからなのです」

聞いていた桂助はもどかしく思い、

「〝歌羽根〟の話だけでは、答えになっていません。わたしが知りたいのは、あなたがどうして、人の幸せばかり願うのか、そのわけなのですから――」

多少苛立《いらだ》たしい口調になった。

するとおゆうは、ほほほと笑って、

「何をおっしゃいます。わたしが好きなのは何より商売です。商売が好きということは、きっとお金が好きなのです。貧乏で苦労してきましたからね。ですから、若い人たちや〝歌羽根〟の世話をしてみたいのは、お金が人より好きなわたしにできる、せめても罪滅ぼしなのです。道楽とそしられるかもしれませんけれど――」

と言いきり、きっとした目で桂助を見据えた。その目には、これ以上は何もいわない、という固い決意が読み取れた。

桂助は、

——おゆうさんは強がっている——

と感じ、挑むように瞠った目の中にめらめらと炎が燃え上がるのを見ても、

——この炎の下には冷たい氷の池がある。それを見せてくれるなら、温めて溶かしてあげることもできるのに——

諦《あきら》めきれなかった。

藺屋からの帰路、桂助はおゆうの氷の池を溶かすこと、そればかり考えていた。

〈いしゃ・は・くち〉に帰り着くと、おみよが来ていた。志保の話ではまた歯が痛むという。

「またですか」

そういった桂助の声は普段になくそっけなかった。

おゆうなら、どんな男でも一度は心を動かさずにはいられない。そんなおゆうが足しげく新婚の家を訪ねれば、新妻は面白《おもしろ》くなかろう。けれどもおゆうが〝桜床〟を訪ねていたのは、房楊枝や歯磨き粉で〝桜床〟を盛りたてるためだった。

おみよの気持ちもわからなくはなかったが、そこのところはもう少し大人の分別を持ってほしいものだ、と桂助はかねてから思っていた。もちろん、おみよにお節介は

止めてくれといわれたおゆうの胸中を思いやってのことでもあり、そのあたりは複雑ではあったが――。

診てみると、おみよの痛む歯は別の場所にあったが、前と同じで、やはり虫歯ではなかった。

「だとは思っていました」

〝桜床〟の手伝いをしているおみよは、ますます垢抜《あかぬ》けてきてはいるが、あきらかに痩せてもきていた。顔色は悪くなかったが、表情に疲れが滲《にじ》んでいた。

「何が辛《つら》いのか話していただけませんか」

前に辛かったのは、おゆうが家に出入りしていたからであった。しかし、そのおゆうの出入りももうないはずであった。

おみよの話はこうだった。嘉助に髪結い床の株を買う金を貸してくれた質屋の隠居は、大野屋作平《おおのやさくへい》という名であった。はじめ嘉助はおみよにいわなかったが、作平が金を貸してくれるのには、一つ条件があったのである。

「髪結い床を開く店は、二階家でなければならないっていうのが、それだったんです」

理由は作平が時折訪れて、その二階に泊まるためであった。

「何でもその人の住んでいるのは向島の方で、浅草にお参りに来るのに遠いし、お江戸の見物もゆっくりしたいからっていうことだったんです。ご隠居様といえばお年寄りですから、なるほどと思いました。それに相手は、うちの人にぽんとお金を貸してくれた大恩人です。時々宿屋代わりにお使いになられるのも仕方ないと思い、おいでになる時は、精一杯のおもてなしをしようと心に決めていたのです」

ところが旅のいでたちで訪れた作平は、二階に居着いてしまった。三度三度の食事を運ぶ手間が辛いのではなかった。当初作平は、おみよに床をのべさせたまま、伏せっていた。老人のこととて、病気ではと思い、医者を呼ぼうとすると、大事はないと断られた。たしかに病人にしてはよく食べる。

そのうちに家族に知らせてはともちかけると、実は息子夫婦と折り合いが悪い、それで優しい嘉助を息子のように思っている、嫁のおみよも可愛いくてならないと持ち上げ、さらに、貸した金も返してもらおうとは思っていないといった。

この時嘉助は、

「人はわかんねえもんだな」

しんみりして、しきりに気の毒がり、おみよは、

「あんたの親をみてると思えば、どうということもないよ」

貸した金は返さなくていい、という言葉が頭を掠《かす》めた。

こうして作平は〝桜床〟の二階に住みついた。だが不思議なのは、日に何回か厠《かわや》に行く時を除いて、作平が二階から下りようとしないことであった。江戸見物が好きと聞いていたので、深川や日本橋をひやかしに行くのかと思いきや、まるで動こうとしないのである。

一度どうして二階にばかりいるのかと、おみよが聞いたことがあった。すると作平は、

「この世で居心地がいいのは、ここしかないのでな――ここが一番、極楽、極楽」

といったが、おだやかな口調とはうらはらに、その大きな目は刀の抜き身のように、ぎらりと凄《すご》みのある輝きをした。

「それからあの人が怖くなって」

おゆうのしてくれていることが親切だとわかっているにもかかわらず、心ない言葉を吐いて、おゆうに当たってしまったのも、それがあったからのことだという。

「だって、いくらうちの人に言っても、おまえの気のせいだ、俺は自分のとっつあんだと思うことにしてる、なんて叱られるばかりだったんです。それにうちの人、わたしの愚痴《ぐち》にうんざりしてて、おゆうさんが来て、一緒に商いの話をする時は、それはそれはうれしそうに見えて――」

それだけなら嘉助のいう通り、おみよの思い違いかもしれないと桂助は思った。すると察したのか、おみよは、

「でもおかしいのはこれだけじゃないんです。ここのところ、夕方近くになると、見慣れない男の人たちが、お客のふりをして来るんです。二人は一緒に来るわけじゃなくて、別々なんですけど、でもわたしにはわかるんです。この二人は絶対仲間だって――。だって同じ目の色をしてるんです。人とは思えないぞっとするような冷たい目。二階のご隠居様のあの時の目にも似てるんです。ほんとうです」

といい、

「でもまたうちの人にいったって、どうせ相手にされないし。わたし、ほんとうに怖くて怖くて、どうしようって、いつも思ってて――」

しくしくと泣き出した。

桂助は、

「泣いていては、はじまりませんよ。わたしはあなたのいうことを信じますから」

優しくおみよをなだめ、

「ただし、その話をわたし以外の人に信じさせるためには、誰が聞いてもおかしい、怖いと感じる、何かの証が必要です。あなたはずっと、その作平という人のお世話を

されているわけですね。何か気がついたことはありませんか」

おみよはまだしゃくりあげていて、

「ご隠居様の髭《ひげ》」

短く答えた。

「ん？　髭がどうしました？」

促されたおみよはやっと泣きやんで、

「思い出しました。怖い目で睨《にら》まれたのは一度ではありませんでした。厠に立った時、寒くなってきたので、布団を足してあげようと二階に上がったのです。部屋の畳の上に、白い髭が落ちていました。役者が使うような作り物です。拾おうとしたら、厠から帰ってきたご隠居に睨まれたのです。何もいわれませんでしたが、やっぱり怖くて——。以来食べ物を運ぶ時以外、二階には行くまいと決めています」

「作平さんは嘉助さんのお客さんでしたよね。だとしたら、髪結いの嘉助さんは、作平さんの髭について何か知っているはずです。聞いてみましたか」

「はじめはむずかしい客で長続きはするまいと思った、髪をどうするか、余計なことは何もいうな、いわれた通りにしろと厳しくいわれたそうです」

「嘉助さんは今も、作平さんの頭を整えているのですか」

「いいえ。かまうなといわれたようです」

「では作平さんは今、どんな髪をされていますか」

「ずいぶん前は坊主頭に剃っていたそうですが、今は肩まで伸びるにまかせています。髪も髭も黒々としていて、うちの人は、〝そのうち整えろとおっしゃるだろ。くれぐれも、恩人にさしでがましいことはいうなよ〟なんていってますけど、わたしは何だか不気味で――。ほんとにあの人はご隠居なのかしらと、近頃は思ったりしています。でも、もううちの人にはいいません。うちの人はわたしのいうことは何だってうるさそうにするんですから――」

　また目から涙があふれ出そうになったおみよに、

「わかりました。それで充分です。いずれ、嘉助さんも、おみよさんのいうことをうるさいなどとは思わず、熱心に聞くようになるはずです」

　桂助は微笑んだ。

## 六

　おみよが帰ってほどなく鋼次がやってきた。〝桜床〟へ納める房楊枝を手にしている。はこべ歯磨き粉と並べて売られている、鋼次の房楊枝は評判がよかった。

「どうしたんだい、桂さん」

桂助は知らずと腕を組んで考えこんでいた。鋼次に水を向けられて、おみよの話をすると、

「それで桂さんは、おみよって髪結いの女房の話を信じて、二階の男は怪しいやつだと思ってるわけか。けど、俺にはまだぴんとこねえな。何で隠居は作り物の白髭なんて持ってたんだい」

鋼次はすぐに聞いてきた。そこで桂助は、

「大野屋作平さんは坊主頭にするために、廻り髪結いの嘉助さんの世話になっていたそうです。商家のご隠居に坊主頭というのはそぐわないと思いませんか」

と逆に聞かれ、鋼次はうなずいた。坊主頭で思いつくのは、僧侶か医者だったからである。

「ですから、作平さんには、どうしても坊主頭にしなければならない事情があったのです。それは何かというと、白い髭をつけるためだったと思うのです」

「わかんねえな。作平ってえのは、もともとじじいなんだろ。髭だって伸びりゃ、白いはずじゃねえか」

「もし、白くなかったとしたら？」

「作平はじじいじゃねえってことか」

鋼次は目を丸くした。

うなずいた桂助は、

「わたしは事情はわかりませんが、作平という人は年寄りではないと思います」

きっぱりといった。

「けど、何で年寄りの真似なんかするのかよ」

「わかりません。ただわかっているのは、以前、作平さんは髪を白く見せて年寄りのふりをしていた、ということだけです。おみよさんが見たのは白い髭だけでしたが、白いかつらも白い付け眉も、まだ捨てていなければあるはずです」

「するってえと、坊主頭に生えてくる毛は黒いはずだぜ。髪結いの嘉助がおかしいと気づかねえはずはねえ」

「嘉助さんに頭を頼む時には、髭や眉はつけていなかったのだと思います」

「髭や眉なら自分で剃刀《かみそり》を当たれる。けど、頭ばかりは後ろには目がついちゃいねえから、できねえ相談だ。かつらをつけっぱなしにすりゃいいが、暑い夏は蒸れてかなわねえ。それで嘉助に頼むしかなかったわけか――」

「そうだと思いますね。おみよさんは、髪が黒い作平さんを見ているんです」

「だとしたら、女房が白い髭を見ちまったんだから、嘉助はとっくにこのことに気づいているはずだぜ」

うなずいた桂助は、

「けれども、嘉助さんは店をはじめたばかりです。商売を盛り上げることに熱心で、他の不安なことは、あまり考えないようにしているのではないかと思います」

「たとえ嘉助が気にしていなくても、作平の方に後ろ暗《ぐれ》えところがあるんなら、〝知られた〟〝こりゃ、ただじゃすませねえ〟と思ってるはずだぜ。作平は金を持ってる。だから、後ろ暗えってえのもよほどのことにちげえねえ。このままじゃ、嘉助もおみよも危ねえな」

「ええ、だから――」

といって桂助は立ち上がり、

「これから鋼さん、〝桜床〟へ行ってみましょう。おみよさんの話では怪しい若い男たちは、夕方になるとやってくるということなので――」

戸口へと向かった。

夕方近くだというのに、〝桜床〟には番を待っている客たちであふれていた。きりりと襷《たすき》をかけた嘉助は、脇目もふらずに客の髪結いに没頭しているところで、額には仕事に充足している男のあぶら汗が滲んでいた。客たちのために茶を運んでいたおみよは、桂助に気づくとすぐに駆け寄ってきた。

「先生。いらしてくだすったんですね」

日々、よほど心細い思いをしているのだろう、すでに涙ぐみかけている。

「案じて来てみたのです」

「ありがとうございます」

そういって、おみよは桂助と鋼次にも茶を運んできた。

「あなたのいう客というのはまだですか」

桂助がおみよの耳に囁《ささや》くと、

「まだです。でも、もうそろそろ来ます。このところ毎日ですから」

と囁き返してきた。

男たちはやってきた。特に派手ななりというわけではなかったが、どことなく素人離れしていて、遊び人が堅気《かたぎ》の格好を無理やりしているように見えた。笑いながら入ってきたので、目つきについてはわからない。

――こいつらも化けてるつもりかよ。二階の作平といい、こいつらといい、いってえ、何のために化けるかよ——

鋼次は首をかしげたくなった。

桂助は髪を扱う嘉助に見惚れているふりをしながら、二人の男の様子を見ることにした。

嘉助は客が座るとまず、元結いを外した。そしてざんばらになった髪に、たっぷりと鬢《びん》付け油を揉《も》み込んでいく。またたく間に乾き気味の髪がつやつやと光って、命を取り戻したように見える。

桂助は縞木綿《しまもめん》を着たやや年長の男のまなざしを追った。男の目はしばらく、嘉助の手さばきを見ているようにみえたが、ほどなく、二階に続く階段に注がれて止まった。階段は戸口を入ってすぐの場所にある。藍《あい》の着物の若い方は、一度階段をちらりと見ただけで、あぐらをかいたまま貧乏ゆすりをはじめ、しきりにおみよを見ている。階段だけを見据えている縞木綿は、ずっと鋭い、凄みのある目つきのままだったが、藍の若い男は好色な目つきでいることの方が多い。

桂助と同じように、二人を窺っていた鋼次は、

——やれやれ、ろくな連中じゃあねえな、これは。どっちにしろ、ここのおかみさんは、怖くてなんねえだろう——

心からおみよを気の毒だと思った。

　髪を扱う嘉助の手付きは、愛しい生き物に触れてでもいるかのように楽しげだった。梳《す》き櫛《ぐし》で時間をかけて髪を梳き続けている。

　おみよが別の動きをした。夕餉《ゆうげ》の盆を持って、桂助と鋼次、そして二人の男が見つめている階段を上がっていく。

　その後ろ姿に二人の男たちの目が吸いよせられている。縞模様の男は食い入るように見ているが、藍の方にも今は好き者のにやついた色はなかった。二人とも金でも見ているかのように、ぎらぎらと目を輝かせていた。

　──こうなったら、おかみさんだけじゃねえ、俺も怖《こえ》えよ──

　鋼次はぞっと背筋が冷たくなった。思わず隣りの桂助を見ると、桂助は眉一つ動かしていない。

　──相変わらず桂さんはいい度胸をしてる──

　一方、嘉助は、仮紐《かりひも》で一度結んでから、今度は鬢付け油を鬢だけにつけて梳き、気合いを入れて、最後の仕上げにかかった。仮紐を外して元結いで束ね、髷棒《まげ》を引っぱって髷の形を整える。

　おみよが階段を下りてきた。青ざめきった顔をしている。まだ二人の目はぎらついたままおみよに注がれていたが、こわばった表情のおみよは気がついてもいなかった。

そしてやっと、嘉助がちょきんといい音をさせて、客の髷の刷毛《はけ》先を切ると、二人の男のうちの一人が立ち上がった。

その姿を見送った後、桂助に呼ばれたおみよは、

「ああして毎日来て、交替で髪を結っていくんです」

青ざめた顔のままでいい、桂助は、

「ご亭主のお仕事を拝見させていただきました。よい仕事をなさっておいでですね。機会があったらお願いしたいと、お伝えください。案じることはありませんよ」

といたわるようにいった。

七

〝桜床〟を出ると桂助は、

「あの二人がただ者でないことはわかったでしょう。思った通りです。目当ては二階にいる作平さんですよ。まちがいありません。嘉助さんやおみよさんの身が心配で、今日はこのまま帰れません」

心から案じる顔になった。

「けど、桂さん、俺たちが怪しいやつを見たってだけじゃ、番屋にいったたって相手にされねえぜ。番屋や奉行所は、ことが起きてから動くんだから――」

鋼次は桂助の真意がわかりかねた。打つ手などないように思える。

「岸田《きしだ》様のお力をお借りすれば、何とかなるかもしれません」

「岸田様――」

聞いた鋼次は仰天した。そして、

「岸田様は御側用人《おそばようにん》様だ。〝桜床〟のは、おおかた、金持ちになって隠居のふりをしている昔の遊び仲間をゆすろうってえ、けちな魂胆《こんたん》だろ。岸田様ほどの方が、こんなちっぽけな沙汰《さた》を相手にしてくれるとは俺は思えねえ」

「そうでしょうか。大奥から宿下がりをしていたおみつさんが、殺されてうちの薬草園で見つかった時、岸田様はおいでになりましたよ」

おみつは大奥ではお目見得《めみえ》以下のお末の身分だったが、このおみつ殺害の真実は、大奥をゆるがす大事件の一端にすぎなかった。それを秘密裡《り》に探索していた岸田は、殺害現場に姿を現し、悪事の証をつかもうとしたのであった。

「ってえと、桂さんは、今度のことも何か大きなことと関わってる、っていうのかい」

桂助は大きくうなずき、

「作平という人は、身を隠すためだけに嘉助さんご夫婦にお金を貸して、髪結い床の株を買わせました。ゆすりが怖くてこんな手のこんだことをするとは、とても思えないのです」

といい、足は岸田の屋敷のある上野の方へと向かっていた。

門番に何度も追い払われた二人だったが、

「藤屋長右衛門《ちょうえもん》の代理の者といってくだされば、お会いいただけるはずです」

桂助は諦めず、何時かねばって、二人はやっと仏頂面《ぶっちょうづら》の岸田に会うことができた。

座敷で向かい合うなり、岸田は、

「手短に」

といい、鋼次にじろりと目を止めると、

「また、弟か」

それがふんと鼻で笑ったように見えて、癪《しゃく》にさわった鋼次は、

「桃姫様のお屋敷では藤屋の手代でございました」

頭を垂れたまま、いいたいことをいった。岸田の頼みで桂助が働いたことを、思い出してもらいたかったのである。礼の言葉はまだなかった。しかし、岸田は、

「そうか――」

といったきりであった。

一方の桂助は、

「実は市中に奇妙な話がございまして、是非至急お耳に入れておかねばと、夜分ではございますが、こうしてまいらせていただきました」

ことの次第を話しはじめた。黙って聞いていた岸田は、

「ならばそなた、それがゆすりでなければ、何だと思う？　聞かせてもらおうか――」

相手の心を抉《えぐ》るような鋭い目を桂助に向けた。

桂助は臆せず、

「〝桜床〟には、押し込みを働いてお縄になっていない者たちが、集っているのだと思います。おそらく、盗んだ金子は作平が裏切って一人占めにしたのでしょう。そのために作平は、年と身分を偽らねばならず、まだ若いのに質屋の隠居に見せかけて暮らしていたのです。作平にとって何よりも恐ろしかったのは、仲間たちに探し出されることではなかったかと――」

「ほう――」

岸田の目がぎらりと光った。岸田の目は金ではなく、役目に関わることになると、

貪欲《どんよく》に光るのであった。そして、

「そなた、今申したことはまことといい切れるのだな」

念を押して、桂助が、

「はい」

言いきると、

「よし、わかった。押し込みは火盗改《かとうあらた》めの任ゆえ、明日にも奉行に話すこととする。よいな」

といった。

最後に桂助は、

「どうか、火盗の方々に、髪結いの夫婦の命を守っていただきたいのです。それだけをお願いしたくてまいったのです。お願いいたします」

深々と頭を下げた。

翌々日、岸田から文が届いた。その文には火盗改めによる調べが記されていた。それによれば、三年前、築地で大店《おおだな》の両替屋大和屋《やまとや》が襲われて、一家皆殺しに遭うという、前代未聞の大事件が起きていた。下手人《げしゅにん》はまだつかまっていない。

こういう場合、店の奉公人の中に手引きをした者がいるはずなのだが、奉公人は番頭から下働き、丁稚《でっち》に至るまで、ことごとく惨殺《ざんさつ》されていた。

畳職人や植木職など、出入りの職人たちも、かなりの調べを受けたが、下手人を特定することはできなかった。これだけの人数の殺害には、かなりの徒党が組まれていたはずだったからである。火盗の中には、首領は冷血漢で、奉公人に化けて手引きをした仲間を、他の奉公人ともども口封じに殺したのではないか、という者までいた。そこまでされたら、証はもうどこにもなく、太刀打ちできなかった。

こうしてこの大事件は忘れられつつあったのである。

桂助の話を岸田から聞いた火盗は、すぐに向島の大野屋作平を調べさせた。妻も子も作平にはいなかった。数少ない奉公人たちは、ある日突然、店を閉めると主《あるじ》が言いだして、暇を出されたのだった。

またこの主は仙人のような白髪で髭をたくわえていて、気むずかしく、暗い部屋でいつもじっとしていた。質屋でありながら、主がまるで働かないので、居抜きで買った店構えはそこそこなのに、商いは極めて小さかった。

「失礼ですが、あの旦那様に髪結いの株を買えるる金子などあるわけがございません。三度のお膳も質素倹約を絵に描いたようなものでしたから――」

といったのは、小さな質屋の番頭ばかり続けてきて、〝白ねずみ〟といわれるようになった中年男であった。

これを聞くと、急に火盗の役人たちは色めきたった。これで積年追い続けた悪党を捕らえ、獄門《ごくもん》に送ることができると意気込んだのであった。

ところが張り込みを続け、何日待っても、あの桂助たちが見た男たちは〝桜床〟に現れなかった。

火盗の役人たちは次第に苛立ちはじめ、とうとう束ねている頭は、張り込みの打ち切りを決めた。

「岸田様のお指図なのでまちがいはないと思ったのですが、どうやら岸田様でも見込みちがいはおありのようですね」

と岸田は火盗改めの奉行から嫌味をいわれた。もちろん、全く意に介す様子はなかったが――。

ところがそれから三日後に、〝桜床〟の二階で作平が死んでいた。首に男物の手拭いが巻き付いていた。絞め殺されたのである。酒好きな嘉助は晩酌を欠かさず、近頃はおみよもつきあい酒をするようになり、二人ともぐっすり眠りこんでいたのであった。朝、膳を持って上がったおみよが作平の死体を見つけた。

そして、その翌々日には大川で土左衛門《どざえもん》が上がった。膨れあがった土左衛門は、桂助や鋼次には見覚えのある、藍の着物を着ていた若い方だった。おみよを好色な目で見ていた、うすっぺらな印象の男だった。

番屋の調べでは藍の着物の男は栄助《えいすけ》といい、喧嘩がすぎて相手を殺したことがあった。死んだのは作平より七日以上も前のことであった。

栄助といっしょに〝桜床〟に来ていたのが太吉《たきち》であることがわかり、早速縞模様の着物を着ていた太吉が手配になった。太吉はゆすりでお縄になったことが前にあり、栄助をまず殺して、次に作平に手をかけたとされた。太吉が泊まっていた宿屋の荷物を調べると、百両の大枚が出てきた。

つかまった太吉は苛酷《かこく》な拷問《ごうもん》を受け、当初は誰も殺していない、行方《ゆくえ》が知れなくなった弟分の栄助を、ずっと探し続けていたのだと言い張った。また、たしかに金を独り占めした作平を脅すか殺すかして、分け前をわが物とするつもりではあったが、実際には殺しもしなかったし、百両を盗んでもいないと言い続けた。しかし、大和屋の押し込みには加わったと白状し、ついには栄助、作平の殺しも認め死罪になった。

盗賊たちが大和屋から持ち出した金は、二千両近くであった。それで火盗の役人たちは、作平は大物ではあったろうが首領ではなく、首領はまだなにくわぬ顔で高笑いをしているのだといい合い、大いに悔しがった。

一方桂助は、太吉が死罪になったと聞くと、見たこともないような暗い顔になって、

「あの人は二人を殺していません」

とつぶやき、

「先に相棒を殺してから、夜、〝桜床〟へ忍びこんで、作平さんを殺したのがおかしいですよ。忍びこんだ時に、〝桜床〟の夫婦に気づかれ顔を見られたら、大和屋の時のように、消し去ろうと考えていたはずですから、その時までは、役に立つ相棒を生かしておくでしょう。大和屋の皆殺しに加わった悪党なら、この程度の知恵はあるはずです。それに――」

一度言葉を切ったのは、よほど気がかりなことらしく、

「同心《どうしん》の友田《ともだ》様のお話では、殺された作平のそばに、魚の浮き袋があったそうですね。下手人が落としていったものだろうということになったのだそうですが、こればかりは、太吉という人も、自分が落としたのではないと、最後まで認めなかったそうです。魚の浮き袋と関わっている人間こそ、真の下手人ですよ」

と言いきった。

凶事のあった〝桜床〟に客は寄りつくまいと、嘉助はとりあえず店を閉め、新天地に引っ越して新しい店を開いた。その店の名は〝美代床〟という。店は前のように繁

盛している。

そんな嘉助の口癖は、日に一度、

「おまえのおかげで命拾いをしたよ」

恋女房のおみよに囁くことであった。

# 第五話　忍冬屋敷

今年も春は風が強く、梅、桃と咲いては散って、気がつくともうぼちぼち桜の季節であった。

一

〈いしゃ・は・くち〉では、春は意外に口中を病む患者が多かった。季節の変わり目とあって、体調を崩し、口内に爛《ただ》れや腫《は》れ物をつくって訪れる人たちが、このところ後を絶たなかった。

「忙しくさせてすまないですね」

桂助《けいすけ》は志保《しほ》に声をかけた。志保はこの時期、薬草園の手入れの他に薬の調合をかって出ていた。処方は桂助がする。志保は乳棒《にゅうぼう》を使って乳鉢《にゅうばち》の中で、まずは乾燥させた薬物を粉末に砕いていくのである。その後混ぜ合わせるのだが、生薬《しょうやく》なので作り置きはあまりできない。患者の症状に合わせて、その都度《つど》調合しなければならなかった。

ちなみに口中の爛れや腫れ物には、黄連《おうれん》や梔子《しし》、黄芩《おうごん》などの入った、三黄瀉心湯《さんおうしゃしんとう》、黄連解毒湯《げどくとう》、加減涼膈散《かげんりょうかくさん》などがよく効いた。志保が調合するのもこれらが多かった。

鋼次《こうじ》は薬処《どころ》にいることの多くなった志保の手伝いをしている。春は薬草園の世話も目がまわるほどの忙しさだったので、志保に教えてもらい、芥子菜《からしな》や大根、茄子《なす》などの植え付けを、今年はじめてさせてもらった。

これらは食用にもなるが、芥子菜の種子の芥子粉は生姜《しょうが》と混ぜて練ると、歯痛に効く芥子泥になる。大根のおろし汁は口や舌、歯の痛みを和らげるし、黒焼きにした茄子のへたを塩に混ぜて歯茎をこすると、はこべ同様、歯草《はくさ》の予防に役立った。

そんなある日、〈いしゃ・は・くち〉に側用人岸田《そばようにんきしだ》正二郎《しょうじろう》からの文が舞い込んだ。桜の花見にはまだ間があるが、せめて茶などでもてなしたいので、弟を伴って、急ぎ屋敷を訪れてほしいという内容であった。弟とは鋼次のことで、今まで鋼次は、桂助の身が案じられてならない時に限って、強引に行動をともにしてきたのであった。もちろん岸田の方は、鋼次が実の弟であるなどとは、露ほどにも思っていないはずであったが――。

「この忙しい時に呼び出しか――」

土仕事をしていた鋼次は、土まみれの手で額や頬《ほお》の汗を拭き、今度は顔中に泥の筋を作っていた。その鋼次は岸田の手紙を桂助が読み上げると、掘り出したばかりの里芋が拗《す》ねたような顔になった。

「伺うしかありません」

桂助は覚悟を決め、鋼次は、

「ま、仕方ねえな」

しぶしぶうなずいた。

治療を終えるともう夕方近かったが、二人は岸田の屋敷へと向かった。以前にも門前払いをくわせようとした門番は、今回もまたへの字に口を曲げて、目を怒らせ、

「何用か」

と聞いてきた。鋼次は、

――覚えてねえのかよ。それともここん屋敷は、奉公人までそっくり主《あるじ》の岸田に似てて、いつもつっけんどんで冷たいのかい――

すでにもうそこで腹が立っていた。

――だいたい、向こうから来いって、いってきたんじゃねえのかい――

一方、桂助の方は変わらぬおだやかで口調で、

「藤屋《ふじや》桂助と申します。岸田様のお召しによりうかがいました。どうかお取り次ぎください」

と丁寧に頼んだ。

ほどなく二人は岸田と対面した。

——相変わらず刀の抜き身のような目をしてやがら——

鋼次はいつものことだったが、岸田の顔を見ると一瞬、気押《けお》されるのを感じた。目に並々ならぬ力があって、万物を刺し通すかのように冷たく鋭いのである。

「遅くなりましたが、まいりましてございます」

丁重に頭を下げた桂助に、岸田は、

「よく来てくれた」

いつになく愛想らしきものを口にして、微笑《わら》ってみせた。もちろん目は抜き身のままであったが——。

「弟も一緒か、達者であったか——」

平伏している鋼次にまで言葉をかけた。驚いた鋼次は、

「はっ、はい」

と答えて平伏したまま頭を上下させた。

すると岸田は、

「よい物をとらせよう」

手を打つと茶と菓子が運ばれてきた。

「これは典雅《てんが》なお菓子でございますね」

桂助は感心して〝雲居の桜〟という名の茶菓子を見つめた。〝雲居の桜〟の生地は白いんげん豆で作られていて、なかほどに紅で染められた桜花の形があり、そのまわりを薄紅の散りゆく花弁が舞うようにちりばめられている。食べてしまうのが惜しいような、江戸一といわれる巽屋《たつみや》の名品であった。

ただ〝雲居の桜〟の「雲居」は、「はるか遠く」という意味を超えて「宮中」を示している。菓子は茶の湯とともに発達したものであり、名品には京の伝統を受け継ぐものが多かった。それで桂助は〝雲居の桜〟の名は口にせず、「典雅なお菓子」とだけいった。幕府の用人である岸田への配慮であった。

岸田は、こほんと一つ咳《せき》をして、

「その菓子、明日同じものを用意させるゆえ、あるところへ届けてもらいたい」

といった。すでに、岸田の全身から、柄にもなく繕《つくろ》っていた愛想がきれいに消えている。

――へえ、用事はそれだけかよ。いったいどうなってんだ――

鋼次が心の中で首をかしげかけると、

「ある御方とはどちら様でございましょう」

桂助は真顔で聞いた。

「柚木《ゆぎ》信之介《しんのすけ》の御母堂までお願いする」

岸田はにこりとせずに答えた。

「あのお旗本の柚木様、忍冬《にんどう》屋敷の御方でいらっしゃいますね」

桂助は念を押した。

「そうだ」

岸田はもうこれ以上は言わすな、というようなうんざりした口調であった。

すると桂助はわずかに微笑《ほほえ》んで、

「このお菓子を好まれる方はどうしておいでなのですか」

とまずいって、さらに、

「柚木様のご母堂様のお具合はいかがなのでございましょうか」

伏せかけた岸田の目をじっと見つめた。

「そんなことまでは――」

抜き身の目を向けてきた岸田に、

「お好みのお菓子を届けるだけならば、巽屋に頼めばそれで済むことです。わざわざわたしどもに出向けというからには、相応のわけがあるはずだと推察いたしました」

桂助はさらりといった。

苦い顔になった岸田はうーむと知らずと腕を組んでいたが、やがて、

「いずれわかることだ。そちらに隠す必要もあるまい。実は柚木信之介はわしの従弟《いとこ》に当たる。母はわしの父の妹で叔母《おば》だ。叔母はこのところ、気の毒な事情もあって、たいそう身体《からだ》の具合が悪いという。それを案じて、仕えている中間《ちゅうげん》の一人がわたしまで知らせてきたのだ」

「どのようにお悪いのです」

これが肝心だった。岸田は、

「何でも口中が爛れて痛むのだそうだ」

といい、

「それでわたしたちを呼ばれたのですね」

桂助はやや高い声を出した。岸田が用向きではなく、身内のことで自分を頼ってくれたのが、正直うれしかったのである。

「そうだ」

岸田はぽつりといい、照れくさそうにそっぽを向いた。いかにもこの男には、従弟だの、叔母だのという身内の話は不似合いであった。そういった者たちに情をかけるとなればなおさらであった。

それで岸田は桂助を見据えると、くれぐれもと念を押して、

「叔母の扶季《ふき》は長く寡婦《かふ》を通してきたこともあって、気性がしっかりしている。中間の話では、口中の病気ごときで医師にかかるのは恥と申しておるそうだ。わしからといっても、たやすくは治療に応じぬであろう。そこではじめは菓子の話でもして馴染《なじ》み、様子を見て治療をしてもらいたい」

といった。

帰路、鋼次は、

「桃姫《ももひめ》様の時は呉服屋だったが、今度は菓子屋かあ――」

といって、

「それにしても、岸田みたいなやつでも身内は案じるんだな」

にやっと笑い、そうはこの役目が嫌ではないという顔をした。

一方、桂助は、叔母扶季の話をした時の岸田の目が、丸くなごんでいたことを思い出していた。

――岸田様は子どもの頃、この叔母上によほど可愛《かわい》がられたのだろう――

# 二

翌日、〝雲居の桜〟が〈いしゃ・は・くち〉に届けられ、桂助と鋼次は音羽《おとわ》にある、柚木の屋敷へと向かった。

「ほんとうに、菓子屋のなりをしていなくていいのかい」

鋼次は洗い立てのこざっぱりした着物を着てきたものの、薬箱を担いで桂助に従っていた。桂助はいつものいでたちである。

桃姫の時は、薬箱は呉服の入った葛籠《つづら》の中に隠さなければならず、鋼次は手持ち無沙汰で落ち着かなかった。二人は頭からつま先に到るまで、呉服屋のなりをしていたのであった。あの時と比べれば、これは、多少気の張る往診に出かけていくようなものであった。

「わたしは呉服屋の息子ですが、菓子屋の奥はのぞいたこともありません。菓子屋の真似などできない話です。たとえ短い間化けられても、すぐに尻尾が出てしまいます」

「けど、岸田は相手のばあさんを、相当な難物だといってたぜ」

「あれは、忍耐強いということを強調しただけですよ。我慢強い方は〝医者嫌い〟と紙一重なものです。それに――」

　あの岸田の血縁だとしたら、男女を問わず、そうそう話のわからないわがまま者ではなかろうと、桂助は思っている。

　忍冬屋敷が見えてきた。柚木の屋敷のみごとな生け垣は、青々と忍冬が蔓《つる》を伸ばして繋っていた。忍冬とはスイカズラのことである。

　その様子を見た桂助は、

「なるほど。少々手強いかもしれません」

　つぶやく桂助に、鋼次は、

「桂さん、どういうことだい」

　心細げに首をかしげ、

「忍冬は一年中葉が枯れず、これを干して煎《せん》じるとよい解毒薬になるのです。ですから――」

　と桂助が先を続けようとした時、屋敷の門が開いて、袴《はかま》を着けた男が走り寄ってきた。右足が悪い様子で引きずっている。

「もしや、口中医の藤屋先生ではございませんか」

　白いものがちらほらと目立つ相手は息を切らしていた。

「藤屋桂助です。岸田様にこちらへ伺うよう、いわれてまいりました」

桂助は一礼し、鋼次もそれに習った。

「申し遅れました。わたくしは赤場丈衛門重高《あかばじょうえもんしげたか》と申す、当家に仕える老骨でございます」

と相手は挨拶を返すと、先にたって、屋敷の中へと二人を招き入れた。門を入り、玄関で履き物を脱いで廊下を歩いていく。

柚木家は大身ということもあって、かなりの広さの屋敷であった。ただし煤《すす》けた天井や鴨居《かもい》、破れている障子、雑草がはびこっている中庭など、人手が足りていないことは明白だった。

途中、丈衛門は、

「実はたった今、上野の岸田様のお屋敷から、使いに出した者が戻ってまいったところでした」

といいかけて、苦しそうに喘《あえ》いで息を継いだ。そして、

「以前から、奥様は決して岸田様には伝えてはならぬ、お忙しい身を煩わせてはならぬ、ときつく仰せでしたが、ひどくなる一方でした。それで三日ほど前、中間に文を託して、お知らせしたのです。苦しまれるご様子、とても見てはいられません。一刻

も早く医師の治療を受けていただきたいと思いました。それが昨夜はさらにお悪いご様子で、喉が痛んで水も通らないほどだとおっしゃいました。生け垣の忍冬を煎じた、奥様ご愛用の忍冬湯とて、もう喉を通らないのです。これでは弱られるばかりです。いてもたってもいられず、また、岸田様へ使いの者をやってお知らせしたところ、口中医の先生が、奥様の好まれる〝雲居の桜〟を託されて、当家まで向かわれていると聞きました」

丈衛門はそこまで話すと、今度はごほごほと咳こんだ。

その丈衛門は、扶季が伏している部屋の前まで来ると、

「奥様、重高でございます。岸田様よりつかわされたお客人にございます。入らせていただきます」

掠《かす》れた声で断り、障子を開けようとした。すると向こうからは、

「お客人とあらば伏しているのは失礼です。すぐに支度をいたします。どうか、しばらく、そこでお待ちくださるよう、お願いいたします」

熱のせいか多少ひび割れてはいたが、りんとした声音であった。

――やっぱり、一筋縄ではいかねえ――

鋼次は観念して、桂助と並んで部屋の前に正座していた。しかし、

「どうぞ、お入りください」

と声がかかったのは、意外に早かった。

「お待たせいたしまして、まことに申しわけございませんでした」

扶季はそういって、深々と頭を下げた。すでに身繕《みづくろ》いはできていて、伏していた布団は畳んで部屋の隅に片づけてあった。

年の頃はゆうに五十を出ていると思われたが、ぴんと背筋が伸びた扶季の姿は堂々としていた。化粧こそしていなかったが、鬢《びん》のほつれが一本もなく、きちんと帯を締めていて、そのため病苦で窶《やつ》れている印象は感じられなかった。だが、

「まあ、正二郎殿がこの婆に――ありがたいことです」

といって、桂助から〝雲居の桜〟を受け取る時、手がぶるぶると震えた。高熱のためであった。それでもなお、

「たいした病いでもございませんのに、家の者が大げさにうるさく騒ぎたてて――恥ずかしいことでございます」

部屋の隅に控えていた丈衛門を叱った。

薬箱を抱えた鋼次は桂助の後ろにいる。扶季はその鋼次と薬箱にも目を走らせたが、

「ほんとうに大げさな、皆様にご迷惑ばかりおかけして――」

扶季の声はそこで途切れた。熱で潤んだ目と赤い顔だけを見ると、どう見ても扶季は重病人で、座っていられるのが不思議なくらいであった。そこで桂助は、

「わたしは口中医です。岸田様がお見舞いに託されたのは、〝雲居の桜〟だけではございません。たしかに忍冬は結構な薬です。体を清めて、熱を下げるものです。口中の爛れにも効きます。けれども、お見かけしたところ、あなた様の口中の病いはかなり重いもののようです。忍冬だけで癒すのは、むずかしいと思うのですよ。ついては、どうか、わたしに治療をお任せください」

といって膝を進めかけた。

聞いた扶季はうなずいたかのように見えたが前へと倒れかけた。桂助は敏速に動いて、その体を抱きとめた。

扶季の病いは重い口中糜《び》爛《らん》であった。両頬粘膜と舌に深さのある爛れが広がっていた。爛れていない箇所の方が少なかった。ここまでの症状だと、もはや、黄連解毒湯や加減涼膈散などという、口中炎一般の処方では効き目がなかった。

扶季の容態は一刻を争うものであった。このままでは痛みのために、飲食はいうに及ばず、眠ることさえできずに、衰弱して命を落としてしまう。

そこで桂助は思いきって附《ぶ》子《し》湯《とう》を用いることにした。附子はトリカブトともいい、

歯抜きの際の痺《しび》れ薬にも使われ、強力な鎮痛作用があった。附子湯とはこれに強壮効果のあるぶくりょう、朝鮮人参と、胃腸を保護するおけら、芍薬《しゃくやく》を加えて煎じたものであった。

この附子湯が効いて扶季は回復していった。もとより扶季の病いは、心身の疲労が行き着いたものだと、桂助は診たてていたのである。

岸田には扶季の回復の兆しを文で知らせおいて、桂助たちは柚木家へと通う日々が続いた。

扶季は丁寧な礼を口にした後、

「忍冬では乗り切れない病いがあるのだと知りました。年寄りの意固地は悔い改めなければなりませんね」

とおだやかにいい、

「正二郎殿のお菓子、来年の桜の時期にはこの婆も一緒に賞味したいものです」

そばにいた孫の信吾《しんご》の様子に目を細めた。

五歳になる信吾は一人息子信之介の忘れ形見であった。やや小柄な方ではあったが、利発な目をしている。岸田の〝雲居の桜〟は、食べられなかった扶季に代わって、この子が残らず食べたのである。

　また、扶季は、

「実をいうと意地を張りながらも、これは亡き息子が呼んでいるのかもしれない、と思ったりいたしました。痛みが続いて、気が弱っていたのですね、きっと。嫁はこの子を産むとすぐ亡くなって、もうこの世におりません。年に不足はないわたくしですが、こんなに幼い孫を一人置いて、まだ、逝《ゆ》くわけにはまいりません」

　しみじみと続けた。

「ご子息はお亡くなりになられて、まだ日が浅いのですか」

　桂助は他意もなく聞いた。両親に死に別れ、頼るは祖母一人という、幼い子どもの信吾が哀れに思えたのである。

　すると扶季は、

「つい半年ほど前のことでございましたか、突然の病いで――」

　口を濁して顔を伏せた。

　――こりゃ、きっと何かあるな――

　鋼次は思った。

　その時、

「おやめください、そこはご病人がおられます」

丈衛門の引き絞った声が廊下で聞こえた。

「おやめくださいませ。お願いでございます」

さらにその声は悲鳴に近づいた。そして、がらりと障子が開くと、浪人者と思われる二人の男が仁王立ちになって、部屋の中の扶季を見下ろしていた。

三

浪人者の一人は、懐から書き付けの文を出すと、

「これは質屋木村弥平《きむらやへい》殿より預かってきたものである」

と大声でいって、柚木信之介の署名のある借用書を扶季の前に差し出した。〝借用〟という文字が目に入って、扶季の顔色が変わった。

その浪人者はさらに大声を張り上げて、書き付けを読み上げた。それによれば、柚木信之介は質屋木村弥平から百両を借用し、まだ返しておらず、期日が来ても返せない時、柚木家の屋敷にある書画骨董《しょがこっとう》のすべてが没収されると、したためられていた。

「こちらは重篤《じゅうとく》なご病気から、やっと少し回復されたばかりなのですよ」

桂助は咎《とが》めたが、

「そうはいっても、こちらも大事な雇われ仕事、今日までに終わらせるよう、きつくいい渡されておる」

　痩せて目ばかり大きい浪人者は、一瞬気弱な表情になったが、すぐに元の気迫を取り戻した。そして、腰の刀に手をかけ、

「情けは無用にするようにとも言われておる。よって、ご覚悟願いたい」

と力んで続け、もう一人の方は〝まあまあ〟と相棒を止め、

「取り立ての稼業は、なにぶんわれらの暮らしのため。手段を選ばぬのも、いたしかたござらぬことなのです。どうか、悪く思わないでいただきたい」

おだやかにいった。だが眉一つ動かしていない無表情で、よほどこの仕事に熟達していることがわかる。それだけに、真綿《まわた》に包まれた針のように、じんわりと鬼気迫った。

　聞いていた鋼次は、身体中から、どっと冷や汗が流れ出てきて、

——と、とんでもねえことになってきやがった。俺はまだ斬られ死にしたかあねえぜ——

　歯の根をがちがちと震わせた。桂助はと見ると、いつものように端然とした顔つきのままであった。

――桂さんはどうして、あんなに落ち着いていられるんだろう――

その桂助は、

「わたしは口中医です。これはあなた方の取り立て業同様、わたしの稼業です。今、ご病人は悪くなられました。診るのがわたしの仕事です。取り立ての件は、後ほどでお願いいたします。どうか別の間でお待ちください」

といって、浪人者たちを下がらせて、床をのべさせて扶季を横たえた。書き付けを読んだ扶季は、急に顔色がなくなり、死人のような顔で、

「信之介、まことなのですね」

と叫んで立ち上がりかけ、気を失ったのであった。

桂助に介抱された扶季は、気がつくと、

「どうか、このことはご内密に。旗本八百石の柚木家の恥になりますゆえ」

と口止めして、桂助が、

「わかっております」

大きくうなずくと、

「あなた様はお気持ちのしっかりした方だとお見受けいたしました。それで、この件の始末、是非あなた様にお願いいたしたいのです」

といい、

「いわれた通りにして、あの方々にお帰りいただいてください。こんなことで、あのような方々が屋敷に出入りしていると知れては、柚木家の体面を汚すことになるのです。ゆくゆくは後を継ぐ信吾の名誉にも関わりましょう。お家の大事です。これで済むのなら、書画骨董など少しも惜しくはございません」

扶季は必死の目で頼んできた。

桂助は、

「わたしはこちらへ口中医としてまいった者です。ですから、ただ今の命、赤場殿にお話いただいた方がよいのではないでしょうか」

当然当惑した。すると扶季は首を振って、

「重高は長い間、よく尽くしてくれてきました。足が悪いのも、わたくしの亡き夫が辻斬りに遭った時、助けようとしてのことでした。近頃は年のせいか咳にも苦しんでおります。あの浪人たちを相手にするのは、きっと荷が重いことでしょう。また、あ見えて気の短いところがありますから、もしものことがあってはと案じられます。わたくしだって、このたびは助けていただいたものの、寄る年波ですから、いつどうなるかわかりません。そうなったら、信吾の頼みは重高をおいていないのです。そこをお含みの上、どうか、よろしくお願いいたします」

といった。

「わかりました」

桂助は約束して葛根湯《かっこんとう》を処方した。病み上がりの扶季には、知らされていなかった借金の書き付けがこたえたのである。扶季の気の疲れを取るためには、まずは眠ることが大事であった。

扶季の部屋を出た桂助は、まずは丈衛門を呼んで、扶季の意向を伝えた。浪人者たちと渡り合う役目を扶季が桂助に頼んだと知ると、さすがにきっと目を瞠《みは》って、

「これでもわたしは武士でございます」

と屈辱にたえたが、扶季の気持ちをくわしく話すと、うなだれて、

「奥様はそこまでわたしを思い、また頼りにしていてくださっていたのですね」

むせび泣いた。

それから桂助は、待たせてあった部屋で浪人者たちと話をつけ、好きなように書画骨董を運び出させた。浪人たちが帰った後、桂助が廊下を歩いていると、

「お話がございます」

丈衛門が耳打ちしてきた。そして、

「気になることがあるのです」

といい、二人は使われていない納戸の中で立ち話をした。

「おかしなことがいくつかございました。まずは、当家の品々が美山堂まで運ばれて行ったことです」

「美山堂は骨董屋でしょう。ならば当然ではないかと思いますが」

「申したくない恥ですが、当家の骨董はすべてが本物というわけではございません。ご先祖様が物入りの時に、高価な名品を切り売りした後、体面のために偽物を作らせたのが結構あるのです。美山堂は当家の出入りの骨董屋で、そのことを知っております」

「美山堂では、百両の価値はないとわかっているはずだというのですね」

「そうです」

「だとしたら、美山堂へ運ばれたのではないかもしれません」

「それと信之介様がなにゆえに百両を借用したのか、見当がつきかねるのです。ごらんのように柚木家の台所は火の車ですが、これは何も今はじまったことではございません。苦しいやりくりは代々のことでございまして、何より信之介様は質実なご性格でした」

「借用書は偽りのものかもしれないというのですね」

「だとすると、相手はこちらの書画骨董をねらっていることになります。思い通りに運んだのはいいが偽物とわかり、あてが外れて、後でまた何かいってくるのではないかと案じられます」

丈衛門は暗い表情になった。

翌々日、丈衛門が心配した通り、浪人者たちはまたやってきた。今度はおだやかを装っていた方までも本性を現して、

「本物を出せ」

「騙《だま》したな」

「許せぬ、斬るぞ」

などとわめきたてた。

おとといのうちに、客間の床の間や蔵の中はさんざんにさらわれて、価値のありそうな物はもうほとんど残っていなかった。しかし、二人は、

「隠すな」

「出すのだ」

狂ったように叫びながら、書庫や驚いたことに台所の物までも、かたはしから、つ

かんで運んで行った。今度はさすがにどことも運び先は口にしなかった。

　――ひでえことをしやがる――

見ているしかなかった鋼次は、はらわたが煮えくりかえった。

桂助は、忍冬屋敷からの帰路、

「あれではまるで家捜しです。これで借用書は偽りと見ていいとわたしは思います。木村屋さんの目的は、ここの家の書画骨董ではないようですね」

丈衛門の話を伝えてあった鋼次にいった。

「だとしたら何なんだい」

鋼次に聞かれて、

「木村屋さんには知られたくない秘密があって、それがきっと、忍冬屋敷のどこかにあるのですよ。それで偽の借用書まで作って、家捜しをしようと思いついたのでしょう。このままではいずれ、柚木家の方々にまで、危害が及ぶことになりかねません」

答えた桂助は、とりあえず文を書いて鋼次に託した。藤屋長右衛門《ちょうえもん》の名を出して、門番に取り次いでもらい、直接岸田に会って説明するようにいった。その際、

「お身内の大事なので、文だけでは何かとご心配になるばかりと思います。わたしと一緒に鋼さんが見聞きしたことを、そのまま話してさしあげてください」

といって、鋼次は、

「俺一人であいつと会うのかい。気が進まねえな」

ため息をついたものの、

「その間、桂さんも一人で、忍冬屋敷で身体を張ってるんだもんな、わかった、まかせてくれ——」

ぽんと自分の胸を叩いた。

# 四

しかし、鋼次が岸田を訪ねて、桂助からの文を渡すと、岸田は食い入るような目でそれを読んだ後、

「わかった」

といい、

「もう帰れ」

鋼次を部屋に残して立ち上がった。鋼次が岸田の背に、

「あの——」

声をかけ、思いきって、

「ご病気のご隠居様がお気の毒で――」

いいかけると、振り返った岸田は、鋼次をじろりと睨《にら》みつけて、

「わかっておるとは思うが、見聞きしたこと、くれぐれも他言するでない」

低く冷たい声でいった。

鋼次がこの成り行きを桂助に伝えて、

「全く嫌なやつだ。こちとら、親切でいってやってんのに、わかんねえのかよ。忍冬屋敷なんぞ、もうどうなってもかまわねえ。知ったことか――」

悪態をついた。

桂助は、

「お旗本ともなると下々とは違って、いうにいえない苦労があるものだと、父の長右衛門に聞きました。わたしたちには、はかりしれないお悩みもおありなのだと思います」

といって取りなした。

その桂助は翌々日、忍冬屋敷の帰路、岸田を訪れた。思いあまってのことだった。

折悪しく、登城していた岸田は留守だったが、桂助は辛抱強く帰宅を待った。夕刻

近くになって帰ってきた岸田は、桂助の顔を見ると、何の用で来たのかという顔で、

「弟に〝わかっておる〟と伝えるよう、申したはずだぞ」

　にこりともせずにいった。

　桂助は挨拶をした後、

「たしかに弟よりその旨《むね》聞いております。けれども、それは昨日のことにございます。わたしは岸田様の叔母上の治療のため、ずっと忍冬屋敷に通っております。本日もまいりました。治療を受けていただいて、よくなっていた叔母上のお身体が、このところ、またよろしくありません」

　といって一度言葉を切ると、

「何かあったのか――」

　岸田の目に不安の色があふれた。

「忍冬屋敷に借金の取り立てにやってきた浪人者たちのことは、弟に持参させた文にしたためさせていただいた通りでございます。昨日も本日も、浪人たちはやってきませんでした。けれども昨日、庭の池の鯉がことごとく死にました」

　桂助は大きな錦鯉が白い腹を見せて、ぷかぷかと浮いている様子を思い浮かべていた。見つけたのは、朝餉《あさげ》のために床に起きあがった扶季だった。扶季の部屋からは庭

が見渡せ、それゆえ池の鯉が跳ねるのも見えて、扶季の楽しみでもあった。

「生き物はいずれ死ぬ運命だが、ことごとく死ぬはずはあるまい」

岸田は口をへの字に曲げた。

「池からは硫黄《いおう》の臭いが漂っていました。おそらく、夜の闇にまぎれて、誰かが硫黄を池に投げ入れたのでしょう」

「わかった」

そういって岸田はその話を切ると、

「今のは昨日の話だ。本日は何があったのか」

桂助に先を急がせた。

「本日は死んだ猫が庭に放りこまれておりました。信吾様や叔母上様のお目につかぬうちに片づけたとのことです」

桂助は猫の死骸の話は丈衛門から聞いていた。殺された猫は、野良の若い猫で、柚木家を餌場にしていたという。勇敢な猫であった。鯉が口を開けば、呑み込まれそうだった子猫の頃から、池の前に辛抱強く座って中を睨み、大きな錦鯉にねらいをつけていた。

今でも鯉たちの魚体は、痩せた猫の半分以上はゆうにあった。それで鯉たちは、その猫がいると、まるであざ笑うかのように勢いよく跳ねて、猫に水しぶきを浴びせかけた。猫はびしょぬれになりながらも、諦《あきら》めがつくまで座り続け、睨み続けた。

これを見ていた扶季は、猫が鯉のためにならないといい出した丈衛門を、

「あの猫を追い払ってはいけません」

きつくたしなめ、

「あれは偉い猫です。信吾の手本になります。武士たるもの、あの猫のように勇敢にして、打たれ強くあってほしいものです。いずれ力をつけて、池から鯉をくわえてきたら、よくやったと猫を褒《ほ》めてやりたいものです」

といったという。

それで祖母の扶季と忘れ形見の孫は、池の前で行われる、猫と鯉の闘いを楽しみに見ていた。猫にはもちろん、好敵手の鯉たちにも、深い思い入れがあったのである。

「ですから、鯉の方はいたしかたないとして、猫のことを申し上げずにすんだのは、ほんとうによかったと思います。ひどい殺され方で、首が皮一枚でぶらさがっておりました。これでは、きっとまたご病気がお悪くなります」

暗い顔で丈衛門はいった。

聞いた岸田はさすがに、

「首の皮一枚とはな――」

　顔を青くした。当時、皮一枚残して首を斬るのが、武士の切腹の介錯《かいしゃく》の方法であった。武士が腹を切るのは、責めを負ってのことである。主の切腹はお家の断絶を意味していた。

「まるで、猫の首に柚木家の凶事が、託されてでもいるかのようではないか」

　岸田は怒りのために眉間に青筋を立てた。漠《ばく》とではあったが、従弟のまだ幼い忘れ形見の行く末が案じられたのである。

　桂助は、

「木村屋は忍冬屋敷に何かを隠していて、それを欲しいのだと思います。そのためには、どんな手を使ってもいいと考えているのではないかと思われます。お願いです。木村屋を岸田様のお力でお調べくださいますよう――。急ぎませんと、取り返しのつかないことになります」

　しかし、岸田は、

「木村屋を調べることなどできぬ」

　すぱっと言いきった。

「ですが、岸田様なら――」

前に桂助はおゆうの無実を晴らすために、福屋善次郎《ふくやぜんじろう》について、岸田に調べを頼んだことがあった。

「木村屋の調べは、柚木家の沙汰を公にすることになる。〝火のないところに煙は立たぬ〟と、死んだ信之介がそしられもしよう」

「借用書は偽物にちがいありません。柚木家も叔母上様も木村屋に謀《はか》られているのですよ。放っておけば、お命に関わることになるかもしれないのです」

桂助は熱心に食い下がったが、

「たとえ命に関わろうとも、叔母は表沙汰になることを潔しとせぬであろう。だから、わしは動けぬ」

岸田は冷然と言いきり、それでも桂助は、

「わかりませぬ。人の命を何よりと思っておりますわたしには、わかりませぬ」

諦めなかった。

「その方」

岸田は脇差しに手をかけ、桂助を射るように見据えた。桂助の方はただただ必死の思いで、一途《いちず》に岸田に懇願している。頭の中が熱く、扶季や信吾、丈衛門――忍冬屋敷の人たちの顔が次々に浮かんでいた。あの方々の元気な様子が見たい、笑顔が欲しい——。思いは、ただそれだけであった。

「わかりませぬ」

桂助は繰り返した。

「ならば、わからせてやろう」

脇差しを置いた岸田は、

「わしは母に早くに死に別れ、扶季殿に育てられた。母代わりの扶季殿は厳しい人であった。わしは父に似ずよく泣く子どもで、そんなわしは扶季殿に、武士の子は泣くものではないと叱られた。武士はひたすら耐えて、時に下々のために怒るものだとも、叔母はいった。それが、民百姓のようには額に汗しない、武士のつとめだと教えられたのだ。そして、そのためには、武士たる者の家は、一点の曇りがあってもならないのだと。今ではわしも扶季殿と同様に思っている——」

意外に平静な口調でいった。

桂助は、

「偽の借用書でも、曇りの一点になるというのですね」

といい、岸田が黙ってうなずくと、

「やはり、わたしにはわかりかねます」

扶季や信吾の顔がまだ頭の中をよぎり続けていた。

一方、立ち上がりかけた岸田は、

「真に偽の借用書ならば、信之介の死もまた、疑いのあるものやもしれぬ」

独り言のようにつぶやいた。

聞いた桂助がはっと顔色を変えると、

「信之介は子どもの頃から壮健で、剣術にたけていた。まさか、病いで逝くとは思えなんだ」

ともいった。

五

岸田に木村屋を調べるつもりはないと、桂助から聞いた鋼次は、

「あいつのことだから驚かねえけど、急がねえと、ばあさんや子どもの身が危ねえ。なら、俺が代わりに調べるぜ。下っ引きにだちもいるし、まかせてくれ」

といった。

こうして鋼次は木村屋を調べはじめ、その日、桂助だけが忍冬屋敷へと通って行っ

た。

扶季の容態はさらにまた悪くなっていた。口中の糜爛が再発したのである。熱も出てきていて、痛みは増して、附子湯に使うトリカブトの量を増やさねばならなくなっていた。

幼い孫の信吾は猫の姿が見えなくなった、といって泣いた。扶季はそんな信吾を、

「武士の子は泣くものではありません」

かつて岸田正二郎を叱ったように、厳しく叱った。しかしその声は窶れて弱々しかった。丈衛門は、

「先生、奥様は勘のよいお方でございます。猫がどうなったか、うすうすお気がついておいでなのだと思います」

といい、さらに、

「奥様のお身体は、大丈夫なのでございましょうか」

常に扶季の身を案じていた。

桂助が、

「もともと奥様の病いは、背負いきれないほど大きな心労から来ているのです。鉛のように重い心が身体に悪く及んでいたのですが、ここへ来てまた、借用書が心の痛手

になりました。さらに、何者かによって鯉も殺され、猫も同様なのではと察して、痛手が増し、病いをぶり返してしまわれたのだと思います。今のところは、これ以上悪くならぬよう、治療を続けさせていただくほかはありません」

というと、

「背負いきれないほど大きな心労でございますか――」

丈衛門はため息をつき、

「思い当たるふしがおありなのですか」

桂助は聞かずにはいられなかった。借用書が偽りならば、壮健だった信之介の病死にも疑いがあるのかもしれない、といった岸田の言葉を思い出したのである。

だが丈衛門は、

「いえいえ、何も思い当たりません」

頑固に首を振り続けていた。

鋼次とは次の日の夕刻、浅草界隈《かいわい》にある屋台のてんぷら屋で落ち合うことになっていた。てんぷらは鋼次の好物だが、桂助も嫌いではなかった。一足先にやってきていた鋼次は、あなごの後にいわしを口に運んでいた。鋼次の隣りに並んで立った桂助は、しらうおを頼んだ。若い二人は、野菜を揚げたものより、魚の方が好みなのだった。

「いかがでしたか」

桂助が水を向けると、

「桂さん、こりゃあ、全く、狐につままれたような話なのさ」

とまず鋼次はいった。

「まさか木村屋がなかったなんていうのではないでしょうね」

桂助が不安そうにいうと、

「ところがそうなんだ」

「でも、わたしは浪人者が借用書を読み上げるのを聞きましたよ。下谷のどこそこと書かれていました」

「けど、その下谷に木村屋なんて質屋は、いくら調べても、ありゃあ、しないんだよ」

「これであの借用書が偽だとはっきりしたわけですね」

うなずいた鋼次は、

「するってえと、あの浪人者を雇ってるのは、別の人間だってことになるぜ」

「そうだと思います。浪人たちは、偽の借用書をこしらえた悪人に雇われたのです」

「こればかりは、浪人者を探して聞くしかねえのか」

「でも、どうやって探します」

武士である旗本に関わる事件は、奉行所の管轄ではなかった。それに、もし浪人たちを見つけられたとしても、桂助や鋼次を相手に白状するとは思えなかった。悪くすると、秘密を嗅ぎつけたとして、斬り捨てられるだろう。

「袋小路に迷いこんじまったのか――」

鋼次はぼやき、桂助は、

「それにしても悪人のやり口は巧妙ですね。万が一、借用書が疑われても、何の手出しもできない、とわかっていてやったのですから」

口惜しそうに唇を嚙んだ。

その夜、寅の刻を過ぎた頃、桂助はどんどんと戸を叩く音で目を覚ました。出てみると、忍冬屋敷の使いの者が息を切らせていた。

「扶季殿のご容態でも――」

といいかけると、

「いえ、奥様のご命令でまいりました。事情はいらしていただければわかります」

走り通してきた使いの中間は、まだ苦しそうに息をしていて、辛《つら》そうだったが、

「わたしを呼ぶからにはどなたかお悪いのでしょう。けれども、どんなご様子か、お聞きしないと、持参する薬や道具が選べません」

相手に聞きただすと、

「赤場様がお顔にお怪我をされて、口中からおびただしい血があふれて――」

まだ若い中間は青ざめた顔をしていた。

「わかりました」

そこで、身支度を整えた桂助は、普段はあまり使わない、糸と針、血止めの膏薬《こうやく》、消毒用の酒瓶を薬箱と一緒に持参することにした。

薬箱などは使いの者が持ち、二人は忍冬屋敷めがけて走った。

部屋で伏していた丈衛門の顔は、紫色に腫れ上がっていて血の気がなく、口からだらだらと血を流していた。喉にその血が詰まるのか、時折苦しげに呻《うめ》いてそれを吐いた。血は枕を赤く染めている。丈衛門は、

「わたしとしたことが、この有様、申しわけございません」

などといったが、桂助に意味はわからなかった。

すでに寝間着姿ではない扶季は、自分の病いなど忘れたかのように、襷《たすき》をかけ、盆を持って血反吐《ちへど》を受けるなど、かいがいしく丈衛門の世話をしていた。

桂助が現れると、

「先生、ありがとうございます」

危うく涙ぐみそうになってこらえた。

桂助は丈衛門の口中と顔の傷を診た。咄嗟《とっさ》に判断した通りで、口中の右頰側の部分に折れた歯が突き刺さっていて、それが一番大きく深い裂傷だった。裂傷は他に額と鼻、耳の後ろにもあったが、これらは浅かった。桂助は酒で消毒した後、口中の傷を縫い、浅い外側の傷には膏薬で血止めを施した。治療の最後に附子湯を与えると、ほどなく安らかな寝息をたてはじめた。

「もう大丈夫ですよ。血ばかり出るので驚かれたでしょうが、大事にはいたっていませんでした」

といって桂助は微笑んだ。

すると、

「わたくしはこの重高に助けられて生きてまいりました。救ってやらねば、ばちが当たります。何と御礼を申しあげたらいいか――。ほんとうにありがとうございました」

扶季は下座に座って頭を下げた。

桂助は、

「できることをさせていただいただけです。ただ次はこの程度ですまないのではと、案じられます」

とまずいい、さらに、

「赤場様は、歯が折れるほど殴られて、おそらく気を失った後、額や鼻、耳を鋭い刃物でわざと浅く切られているのです。これは恐ろしい警告なのではないかと思います」

そこで桂助は、丈衛門が薄々扶季も気づいているはずだという、殺された猫について話した。扶季は、

「鯉があゝなった時、いずれ猫もとは覚悟しておりました。けれども、重高の身にまでこんなことが及ぶとは――」

めったにないことだが身体を震わせた。そして、

「これは、いずれわたくしや信吾にまで、ということなのですね」

といい、桂助がうなずくと、

「わたくしはもうどうなってもよいのです。けれども、信吾だけは、この柚木家を継ぐあの子だけは、何としても、守り抜きたいのです。それがここへ嫁して、夫に逝かれ、息子にまで先立たれたわたくしの使命なのです」

見据えている壁が相手でもあるかのように、かっと目を見開いて睨みつけた。

桂助はその扶季に、

「もしかしたらお助けできるかもしれません」

といって、借用書が偽であり、相手が欲しいのは金子でも書画骨董でもなく、〝秘密〟であるはずだという話をした。

聞いた扶季は、しばらく桂助をじっと見つめていたが、やがて決心を固めた様子で、

「先生は信頼できるお方のようです」

といい、

「それでこれの意味がやっとわかりました」

袂から文を出して桂助に見せた。

# 六

文はいるはずのない木村屋弥平からのもので、忍冬屋敷で隠し持っている、この世に二つとない名品が必ずあるはずだから、ついては取引をしたいと書いてあった。指定の場所は忍冬屋敷の生け垣の前で、日時は丈衛門が襲われた日の寅の刻であった。取引に応じなければ、相応の覚悟をするようにという、脅し文句まで書かれていた。

そこで、丈衛門は扶季に代わって出向き、襲われたのだった。

扶季は、

「当家にはそのような高価な名品は、ございません。木村屋さんは、きっと思い違いをされておられるのだろうと思いました。あるいは、お持ちになった書画骨董などでは、百両に足りず、催促をなさっているのではないかとも――。ですから、丈衛門を行かせたのは、そんな名品はないのだということを、正直に申し上げるためだったのです。不足ならば、お待ちいただくようお願いするつもりでした」

無念の形相になった。

その後、目を覚ました丈衛門は、

「お屋敷の前で待っておりましたところ、いきなり殴りつけられ、不覚にも気を失いかけました。相手はいつぞやの浪人たちで、〝必ず持っているはずだ〟などといいながら、わたしの懐や袖を探っているのがわかりました」

と思い出した。

桂助は、

「探しているのは懐や袖におさまるものなのでしょう。だとしたら、それはきっと小さいか、薄いかのどちらかです。お心当たりはありませんか」

扶季に聞いた。

扶季は首を振って、

「たとえ小さな物だとしても、当家には、人を脅したり傷つけたりしてまで、奪いたいなどというような名品はないのですよ」

苦笑した。

すると桂助は意を決して、

「相手がほしいのは、世にいう名品ではないのです」

と言いきり、

「おそらく御当家の方々はその価値にお気づきではないでしょう。相手にだけ価値のある物なのです」

聞いていた扶季は、

「ますます見当がつきかねます」

困り果てた表情になった。

桂助は、

「相手にだけ価値のある物とは、相手が秘密にしたい物で、泣き所なのだと思います。相手はそれを手にするためには、手段を選ばず脅しを続けるでしょう」

「でも、こちらはそれが何であるかなど、まるでわからないのでございますよ。これでは探して渡すことなどできはしません」

丈衛門は腫れ上がった顔を、情けなさそうに歪《ゆが》めた。

それを聞いた扶季は、

「馬鹿なことを。探して渡したところで、それがよほどの秘密なら、向こうはわたくしたちを生かしてはおかないでしょう。重高、おまえを襲った敵は、目当ての物を見つけていたら、即座におまえの息の根を止めていたはずですよ」

と叱りつけ、さらに、

「とはいえ、このままじっと耐えていたとしても、脅しは続くのですね。何と酷《むご》いことでしょう――」

といって、幼い信吾のことを思って身体を震わせた。あの可愛い跡取りにもしものことがあったら――。

そこで桂助は、

「秘密は知れば武器にすることができます」

といい、さらに、

「相手の一枚上を行くのです。脅しをかわすために、とりあえず、知った秘密を高く売りつける気でいるように見せるのですよ。秘密はすでにわれらが手中にある、しかし在処《ありどころ》を教えない代わりに、未来永劫《えいごう》、公にもしないと居直れば、信吾様に危害を加えないよう、交渉することもできます」

「けれども肝心のその秘密がわからないのでは――」

苦渋の色を滲《にじ》ませた扶季に、

「では、亡くなられた当家の御嫡男《ごちゃくなん》信之介様についての秘密、お話しいただけないものでしょうか」

桂助はずばりと切りだした。

青ざめた扶季は、どうしたものかと、助けを求めるように丈衛門の目を見た。しかし扶季と目を合わせた丈衛門は困惑し、すぐさま目を伏せた。

桂助は、

「信之介様が書いたという借用書が偽の物ならば、信之介様のお亡くなりになった様子と相手の秘密は、必ずどこかでつながっているはずなのです」

なおも畳み込んだ。

「わかりました」

扶季は大きくうなずいて覚悟を示し、話しはじめた。

「信之介は不思議な死に方をしました。朝起きて身支度をしていて倒れ、そのままになったのです。口から血を流しておりましたので、おそらく毒を飲んだのだと思いました。浪人者が借用書を読み上げた時は、もしかして、自害だったのかもしれないと思いましたが、それがなければ、自害などではあり得ません。誰かに毒を盛られて殺されたのだろうと疑いましたが、この屋敷にそんなことをする者がいるとは思えませんでしたし、信之介は朝餉の前でした」

「それで病死として届けられたわけですね」

「旗本の嫡男が毒死したというのでは、自害ではなく、たとえ毒を盛られたとしても、恥ずかしすぎる話です。信之介のみならず、後を継ぐ信吾までも世間のそしりを受けましょう」

扶季はきっぱりといいきった。しかし、その目には息子を殺した相手への憤りがあふれ、やがて悔し涙に変わっていた。

「信之介様が亡くなる前、変わった様子はありませんでしたか」

「いいえ、特には――」

と扶季はいいかけて、

「そういえば、多少沈んだ様子であったかもしれません。〝もう、鳴き合わせはやめにする〟といって、可愛がっていた鶉《うずら》を籠《かご》から出して空に放していました。信之介は正二郎殿と同じで幼い頃、よく泣く子どもでした。わたくしが厳しく戒めましたので、剣術を好む気丈な男子に育ちましたが、根は優しい子ども思いでした。それで、母も、兄弟のいない信吾がさびしくないようにと、よい声で鳴く鶉を愛おしがって飼っていたのです」

「となると、信之介様は書物などの他に、鶉飼いに使っていた道具も遺されたわけですね」

桂助は信之介の部屋を漁《あさ》っていた浪人たちが、書物ばかり集めて運び出していたことを思い出していた。

うなずいた扶季は、

「思い出すのは、鶉を飼っていた信之介の優しさばかりで——。辛すぎるので、鶉飼いの道具はほとんど始末してしまいました」

「そうでしたか」

桂助がため息をつきかけると、

「信之介の着物は遺しました。信吾に仕立て直して着せたいと思い、始末できなかったのです。ただ、中に、どう見ても、信之介の物とは思えない巾着《きんちゃく》が一つあって、これだけは別にしてあります。後で知った方がご自分の物だといって、探しに来られると困ると思いまして——。けれども——」

言いよどんだ扶季に、間髪入れず、桂助は、

「お願いです。今すぐその巾着を見せてください」

といった。

桂助は扶季の部屋に案内された。遺しておいたというその巾着は、扶季の簞笥《たんす》にしまわれていたのである。

「先ほどお言葉に詰まられたのがわかりました」

子どもの手の平ほどの小さな巾着は、一見守り袋のようにも見えた。厚い木綿地でできていたが、その色は朱色である。男の持ち物とはとうてい思えなかった。

「信之介は妻を早くに亡くしております。その後、いくら勧めても後添えを貰《もら》おうとはしませんでした。そんな信之介にも想う人がいたのかと、愚かな母はほっと気が休まるのを感じました。それでつい、もしかしてお相手が思い出されて、訪ねておいでの時は、信之介の話などしたいと思い、捨てることができなかったのです」

そういって扶季はうなだれた。

「失礼して、拝見させていただきます」

桂助はその巾着を手に取って見た。底に畳まれた紙の感触があり、裏を返してみると、中から鳥の羽根が何本か出てきて、

「これは鶉の羽です」

扶季が教えてくれた。

底には下手な縫い目があって、縫い返した跡だとすぐわかった。桂助は扶季に裁縫鋏を借りると、底の縫い目を切っていった。

底に敷いてあったのは、商家の間取りが描かれているもので、〃大和屋絵図面〃と記されていた。その他に、絡繰《からく》り式である、蔵の錠前の開け方がくわしく書かれている文も、一緒に見つかった。

「これでもう大丈夫です。この先心配はありません」

桂助は言いきって扶季を励ました。しかし、鶉の羽を見るその目は、いつになく、深い悲しみと絶望の色をたたえていた。

## 七

丈衛門に飲ませる薬湯《やくとう》を扶季に伝えてから、忍冬屋敷を出た桂助は、下谷にある飼鳥屋〃春鳥〃へと向かった。〃春鳥〃とは、鳥は多く交尾の季節である春に鳴くことから、主が定めた屋号であった。

桂助が訪れた時、小鳥のように小柄でまめまめしい主の俊吉《しゅんきち》は、羽を痛めた鶉に袋《ふくろ》角《づの》を与えているところであった。袋角とは鹿の角のことだが、春先の柔らかな状態の角で鹿茸《ろくじょう》ともいう。強壮剤として人にも効果があった。

「ちょいと待ってください。鯉の袋が切れておりましてね。代わりに袋角を使っているのですよ」

俊吉はやはり小鳥を思わせる、愛嬌《あいきょう》のある笑い顔になった。俊吉と桂助は初対面ではなかった。

前に一度、桂助は俊吉を訪れたことがあったのである。魚の浮き袋が、作平《さくへい》が殺されていた髪結い床の二階で見つかって、そんな奇妙な物は下手人《げしゅにん》がうっかり落としていったものにちがいない、ということにはなったが、お上の調べはそこまでだった。下手人と見なされていた太吉《たきち》が持っていたものとされて終わってしまったのだ。

これに疑問を抱いた桂助は、魚の浮き袋について、人が珍味として愛《め》でる以外に、何に使われるものなのか、やみくもに調べたのだった。そして、行き着いたのが、飼鳥屋であった。飼鳥屋の俊吉は、

「鯉の袋のことなら、羽を痛めた鶉の特効薬ですよ。鹿茸もいいが、魚の袋の方が効き目があるように思います」

と教えてくれていた。

俊吉の手の空いたところで、桂助は扶季から預かってきた巾着袋を見せた。

すると俊吉は、中に入っていた鶉の羽をちらりと見て、

「ああ、これは巾着うずらですね」

こともなげにいった。そして、

「ちょうど鶉の若鳥が入りそうな大きさでしょう。ここに鶉を入れて飼うのです。昼間は巾着を閉じておいて、夜になると餌を与え、手乗りにしたりして、人に馴れさせると、早くよい声で鳴くのです。春だけではなく、冬場も鳴かせたい飼い主がこれを使うこともありますよ。よほど情が移るのか、巾着にいつも鳥を入れて、腰に付け、片時も離さずにいる人もいます」

と続けた。

最後に桂助は、柚木信之介という旗本に心当たりがないかと聞いた。

俊吉からは、

「ご贔屓《ひいき》にしていただきました。お亡くなりになられたとか――」

そつのない答えが返ってきた。

そこで桂助は、この赤い巾着に見覚えがあるのではないかと詰め寄った。これには

人殺しが絡《から》んでいて、いずれ奉行所も動きはじめるだろうとまでいうと、

「実はこれはある方から頼まれて、手前どもがお作りいたしたものにございます。赤と侘《わ》び茶、お色は違うものでございましたが――。おや、おかしいですね。さっきから変だとは思っていたのですが、赤い方の底の板が抜かれています。これでは役に立ちませんよ」

桂助は底から畳んだ書き付けを抜いて、そのままにしてあった。それで、

「どうもこの巾着の底が、恐ろしい秘密を持ち運んでいたようなのですよ」

なおも言いつのると、

「お客様にお納めした時、侘び茶の色の方を夜飼いのお仲間にさしあげたいからとおっしゃられて、お届けしたのが、一家皆殺しにされた、あの大和屋《やまとや》さんだったのです」

俊吉は小柄な身体をぶるぶる震わせた。さらに、

「そういえば、その御方は何日も前に、ふらりとおいでになりました。近くまでいらしたからとおっしゃって――。ご丁寧に房楊枝《ふさようじ》と桂心香《けいしんこう》のお土産《みやげ》をいただきましたが、わたしは根っからの無精者で、まだ使ってみてはいませんが――」

聞いた桂助は、

「使ってはだめです。命にかかわります」

大声を出し、俊吉は死人のように青ざめた。

「とにかく、その房楊枝と桂心香を探して、わたしに預けてください」

「わかりました」

房楊枝は鋼次が作った男物であり、桂心香はシナモンを主体とした歯草予防、口臭防止薬であった。それらを預かった桂助は気になって、深川に新しい店を開いた嘉助《かすけ》夫婦のところに立ち寄った。

出てきたおみよは、

「示し合わせているわけでもないのに、今日はなつかしい人が来る日ですね。おゆうさんがさっきまで髪を結いに来ていて、今帰ったところなんですよ」

すっかり明るさを取り戻した、持ち前の笑顔でうれしそうにいった。

「おゆうさん、あの時のことをまだ案じてくれていて、まだ仲間がいて、口封じとか、八つ当たりめいた仕返しがあるかもしれないから、思い出せることは思い出しておいた方がいいって、わたしにいってくれたんです。何でも、おゆうさんには、奉行所に知り合いがいるそうで、話によっては、わたしたちが口封じや仕返しをされないよう、守ってくれるっていうんです。ありがたくて――。わたし、おゆうさんにやきもちみたいなことといってたのに、申しわけなくて――」

おみよはもう目を潤ませている。泣き上戸《じょうご》は変わっていなかった。そのおみよに、

「それで思い出したことはあるのですか」

と桂助が聞くと、

「ところが全然。あの日は二人とも疲れた身体にお酒がよくまわって、嘘《うそ》みたいにぐっすり眠ってたんです。だから、何も気がつかなくて――」

「なるほど……」

そう言い残して、桂助は〝美代床〟を離れ、日本橋にある繭屋《まゆや》へと向かった。

「おゆうさんにお目にかかりにまいりました」

桂助が店先の者に告げると、いつものように、おゆうが走り出てきて、

「まあ、先生、嫌ですよ、どうしてお越しになる時は、前にいってはくださらないのです」

といった。つやつやと鬢《びん》付け油が光る、結い立てのおゆうの髪は、しっとりと艶めかしく、輝くような笑顔は変わらずまばゆかった。観音菩薩を思わせる、いつものおゆうがそこにいたが、桂助の心が浮き立つようなことはもうなかった。

今年も桜の季節であった。おゆうの部屋の雨戸は開け放たれていて、縁側からは桜の巨木が見えている。風が吹いて、ちらちらと花びらが散りはじめていた。青い空と

降りそそぐ光の中で、うす紅の雪が降っているのだ、と桂助は感じた。暖かいはずの春の風景の中に、溶かすことのできない冷たさがあった。

「お話があります」

桂助は切りだして、

「これを〝春鳥〟という飼鳥屋から、預かってきました。ただし〝春鳥〟の俊吉さんは亡くなっていませんよ」

房楊枝と桂心香をおゆうの前に置いた。そして、

「あなたが柚木信之介様にお渡しになったのも、おそらくこれと同じものでしょう」

桂助のその言葉に、おゆうの顔色が変わった。一瞬にして小さかった顔がさらに細く締まって、きゅっと吊り上がったまなじりと眉が、凄惨《せいさん》なまでに美しかった。

「いつか、こういう時が来るのだと覚悟はいたしておりました」

そういっておゆうは、今一度背中と首をしゃっきりと伸ばし、

「その時は、先生にだけは、聞いていただこうと思っておりました。前に先生は、〝どうして幸せになろうとしないのか〟とお聞きでしたね。その答えを申し上げようと決めておりました」

といった。迷いのない目をしていた。

「どうぞ、お話しください」

　桂助は促した。

「わたしが早くに両親を失ったのは本当の話です。親戚の厄介者になったというのも嘘ではありません。三度の食事もろくに与えられず、たった一つの握り飯と引き替えに、叔母の連れ合いに乱暴されるなど、あまりにひどい仕打ちに耐えかねて、親戚に見切りをつけたのは、十の年でした。路頭に迷っていたわたしを拾ってくれたのが、後に大野屋作平と名を改めた、盗賊の首領だったのです。わたしは作平の女になりました。それから先は作平の手伝いをしてきたのです。もう二度と握り飯一つで男に抱かれることはするまいと心に決め、ずっと悪事に手を染めてきました。そして行き着いた先が大和屋さんでした。作平が〝ここいらで一生、皆が楽に生きられる働きをしよう〟と考えたのです。大和屋さんに鶉の道楽があるとわかると、わたしは鶉を飼い、当時は商家の後家を装って、〝鳴き合わせ〟で好事家《こうずか》が集う花鳥茶屋に出入りし、大和屋さんと親しくなったのです」

「それで大和屋さんの絵図面や、錠前の開け方まで知ることができたのですね」

「大和屋さんの奥様は病気がちで、身も心も許せる相手を望んでいたのです」

「柚木信之介さんと知り合われたのも、花鳥茶屋だったのですか」

「その頃はもう、大和屋を襲ったお金で繭屋を構えておりました。悪事のために仕方なく飼ったはずの鶉に情が移ってしまい、わたしに鶉はなくてはならないものになっていたのです。柚木様もお子様のために飼った鶉の可愛さと鳴き声に、すっかり夢中になっていて、わたしたちは、花鳥茶屋で会うと話をするようになっておりました。身分の違いゆえ、許されない仲とわかっておりましたから、一生鶉や鳴き合わせを楽しむ仲でいいと思っていました」

「あなたはその柚木様に、毒を仕込んだ房楊枝や桂心香を渡しましたね。大和屋の絵図面などが縫い込まれた巾着を取り戻すのに、どうしてそこまでしたのですか」

するとおゆうはゆっくりとうなずいて、

「巾着を落として気がつかなかったのは、中の鶉の仕込みが終わって籠に移し、ほっとしていた時でした。茶屋でお会いしていた柚木様が拾って取っておいてくださったのです。わたしは、柚木様が何も気づかず、そのまま返してくださることを祈っていたのですが、そうはなりませんでした」

桂助は巾着の底に見えていた、下手な縫い目を思い出していた。おそらく書き付けを読んだ信之介が元に戻し、縫い合わせたものと思われる。信之介が巾着の底に興味を抱いたのは、本来板であるべきところが重なった紙だったので、もしや、自分への恋文ではないかと、はやる心で縫い目を解いたのかもしれなかった。

　おゆうは良心の呵責《かしゃく》に耐えかねるのか、低く掠れた声で話を続けた。

「柚木様はわたしを呼び出し、絵図面などの話をされ、自首するように勧めてきたのです。〝わたしは、先祖より武士たるもの、一点の曇りがあってはならぬと教えられてきた、ゆえにこれを見逃すことも、押し込みを働いた輩《やから》たちを許すこともできぬ、自首せぬとあらば、わたしから届け出るしかあるまい〟とおっしゃいました。その時、わたしには――」

　そこで一度言葉を切ったおゆうは、

「叔母の連れ合いに犯された自分の姿が浮かびました。たった一個のぴかぴかと白い米粒が光っていた握り飯も――。ひどい目に遭うのはもうまっぴらでした。そして、その時、柚木様に死んでもらうしかないと思ったのです」

「作平さんを手にかけた時も、同じ気持ちだったのですか」

　うなずいたおゆうは、

「たしかに繭屋の元手は押し込みを働いて得た金子《きんす》です。けれども、繭屋を開いてからは、身を粉にして働いて身代《しんだい》を築いてきました。けれども、作平はそれを認めませんでした。いつまでも恩を売って、わたしを縛りつけておく気だったのです。もともと作平には、好きとか、嫌いとかではなく、生きるために従っただけなのです。作平の持っていたのも握り飯で、大きく味がよかっただけなのだと気づいたのです。そう思うと、わたしは作平が嫌で嫌で仕方なくなったのです。それで、ただただ不幸な自分の定めを呪い、他にもいろいろあって……辛くて、辛くて。いいえ作平だけではありませんでした。幸せになりたいと思ったのです。そして、この男がいては、決して幸せにはなれないとわかったのです」

「それであんなたくらみを思いついたのですね。作平さんに髪結いの嘉助さんを呼んで、出来映えを褒め、親しくなるよういったのはあなたのはずです」

「ええ。作平は大和屋を襲った時の金子を、仲間にはわずかしか渡さず、身を隠して独り占めにしていました。そのことを恨む仲間がいることをわたしは知っていました。わたしはその人たちが動き出して、繭屋にまで来たなどと嘘をいって、作平を怯《おび》えさせ、嘉助さん夫婦に髪結い床をやらせて、二階に隠れ住むことを勧めました。作平は、常日頃から年より老けて見えて誰にも正体が知れぬよう、白い髭やかもじをつけて化けていました。用心深くなっていた作平は、すぐにわたしのいうことを信じたのです」

「その後、知っている仲間に居所を知らせたのですね」

「そうです。そうすれば、わたしが手を下さずとも、仲間が作平を殺してくれると思ったのです。けれども、そうはいきませんでした。あの人たちは毎日〝桜床〟に寄りつくものの、なかなか動こうとしません。それで、ある日、こっそり跡をつけていってみて話を聞くと、作平と話をして多少の金を貰うつもりなのだとわかりました。そんなことをされたら、わたしのしたことがわかり、危うくなってしまいます。それで作平の金子を独り占めするために、仲間のうちの一人がもう一人も、作平も殺した、という筋書きをたてて、わたしが二人とも殺したのです。下手人になってもらうはずの男のところに、留守をみはからって、百両を置いてきたのもわたしです」

「そして、あと始末しなければならなくなったのが、あの巾着だったのですね」

「大和屋を襲った後、作平は絵図面などをすぐ焼き捨てろ、とわたしにいいました。わたしが従わなかったのは、作平に裏切られてはいけない、と警戒したからです。それには悪事の動かぬ証《あかし》が必要でした。それで持ち歩いている巾着に秘密を隠すことにしたのです」

「しかし、その秘密は、作平さんがいなくなった後では、もはや諸刃の剣ではなくなりました。あなたが隠した刃は、あなただけに向くことになった。それであなたは浪人を雇って、奪い返そうとしたのですね」

そういった桂助は、ふと扶季の言葉を思い出していた。息子が遺した巾着を取り置いてあった扶季は、持ち主が訪ねてきたら渡して、息子の話をするつもりだといった。おゆうが浪人など雇わず、一人で訪ねていれば、悪事の証は誰にも知られることなく、おゆうの手に戻っていたのかもしれなかったのだ。

最後におゆうは、

「まさか、先生が柚木様に関わっていたとは、思ってもみませんでした」

といい、

「先生にだけは、このような醜い、見苦しい様を知られ、暴かれたくはございませんでした」

〝春鳥〟の主の口を封じようとした桂心香を手に取ると、蓋を開けてぐいと飲み干した。そして、おゆうは、

「桂心香、いつか、桂助先生のお心のようだと申し上げました。これでやっと幸せになれます」

といって微笑み、ゆっくりと畳の上に倒れた。

抱き起こした桂助は、

「おゆうさん、しっかりしてください」

介抱を試みたが、すでにもう脈はなかった。風が巻き上がるように吹いて、桜が吹

雪のように散りはじめた。

おゆうが雇っていた浪人者二人は死体で見つかった。おゆうが与えたと思われる、毒を塗った房楊枝をくわえて死んでいたのである。

こうしておゆうが直接手にかけて殺《あや》めた人の数は、柚木信之介、作平、仲間の栄助《えいすけ》と太吉、雇った浪人者と六人に及んだが、桂助はおゆうから聞いた話を鋼次にだけ伝えて終えた。

「桂さんは自分の胸一つに収めておきたいというんだね」

そう鋼次が念を押すと桂助は黙ってうなずいた。

おゆうの死は今まで隠れていた心の臓の病いによるもので、市中の人たちは佳人薄命とはこのことだ、あっけなく江戸の名花が散ってしまった、と落胆した。そして七日忌も明けぬうちにその名も死後ほどなく畳まれた藺屋のことも噂されなくなった。

だが、桂助は優しいおゆうを忘れていない。福屋善次郎が仕掛けたたくらみで、奉公人のお紺《こん》を庇《かば》って縛《ばく》についたおゆうの心を忘れていなかった。

けれども、すでに柚木信之介を殺めていたおゆうにとっては、死ななければ作平からは決して逃れられない、と悟っていたのかもしれなかった。そしてどうせ死ぬのであれば、お紺と許婚《いいなずけ》のためにと思ったのだろう――。

――だとしたら、何のために自分はあの時おゆうさんを助けたのだろう。優しいおゆうさんを夜叉に変えて、さらなる罪を重ねさせるためだったのだろうか、嘉助さんやおみよさんまで巻き込んで――

桂助の心は晴れなかった。

しばらくたって、忍冬屋敷からスイカズラの花のついた茎の束が届けられてきた。文には扶季の達筆で、ささやかだがいつぞやの礼だと書かれていた。

スイカズラは常緑の茎葉を忍冬といい、白から黄色に変化する花を金銀花と呼ぶ。茎葉と花の効能は同じであった。

ふと桂助は厳しい寒さをひたすら耐え忍ぶ忍冬は扶季のようだと感じ、黄と白の花が、入り乱れるように咲き競う金銀花の華麗さは、まるでおゆうのようだと思った。するとまたおゆうが着物に描いて売り出していた手鞠花《てまりばな》の絵柄が頭に浮かんだ。あでやかなスイカズラの花――金銀花は手鞠花とも呼ばれる。何とも不思議だった。おゆうはやはり手鞠花そのものだったのだ――。

気がついてみると桂助はおゆうのことばかり一心に思い出していた。しかし、これはあまりに辛い思い出だった。

そこで、めったにないことだが、思い切って捨ててしまおうかと思っていると、

「治療に使えるように乾かしておきます」

志保の声がして、ほどなく、梅雨入りの雨が、桂助の感傷を吹き飛ばすかのように、ざぶざぶと豪勢に降ってきた。

# あとがき

本著は口中医桂助シリーズの第二作目です。

前作同様、多くの先生方にご協力、ご助言を賜りました。〝桂助&鋼次〟のモデルである、日本歯内療法学会会長の市村賢二先生と池袋歯科大泉診療所院長・須田光昭先生、日本歯学史のオーソリティー、愛知学院大学名誉教授の榊原悠紀田郎先生、そして、江戸期の歯科監修を快くお引き受けいただいている、神奈川県歯科医師会〝歯の博物館〟館長の大野粛英先生、房楊枝作りをご指導いただいた浮原忍氏、また貴重な江戸期の歯科資料をご紹介くださった先生方に、厚く御礼申し上げます。

そして、「南天うさぎ」に続いて、われらが〝桂助&鋼次〟が活躍する「手鞠花おゆう」をお読みいただいた、全国の読者の皆様に心より御礼申し上げる次第です。

## 小学館文庫
### 好評既刊

**命毛** 国芳一門浮世絵草紙5
河治和香《かわじわか》
安政の大地震で、江戸は騒然。そして国芳が倒れた！　時代の転換期を生きる登鯉と国芳一門を描いた、完結編！

**グラウンドキーパー狂詩曲《ラプソディ》**
大石直紀
天下り職員、カラ勤務、殺人に二十年前の収賄事件。公園事務所を舞台に繰り広げられる巻き込まれ型小説の快作。

**僕たちは世界を変えることができない。** But, we wanna build a school in Cambodia.
葉田甲太《はだこおた》
「150万円集めればカンボジアに小学校が立つ」目的達成のため奔走する大学生たちを描く向井理主演映画原作。

**草枕**
夏目漱石《そうせき》
映画にも登場、「神様のカルテ」に大きな影響を与えた明治の文豪の名作をリニューアル刊行。解説は夏川草介さん。

**新潟樽きぬた** 明和義人口伝
火坂《ひさか》雅志
パリ・コミューンの100年前、新潟に誕生していた町民による自治政府。歴史に埋もれた奇跡の顛末を描く時代小説。

**麻酔科医**
江川 晴《はる》
患者の側に立つ医療とは？　使命感に生きる新人麻酔科医の苦闘と成長を鮮烈に描いた感動の青春ヒューマン小説。

小学館文庫

口《こう》中《ちゅう》医《い》桂《けい》助《すけ》事《じ》件《けん》帖《ちょう》
手《て》鞠《まり》花《ばな》おゆう

著者　和《わ》田《だ》はつ子《こ》

二〇〇六年三月一日　初版第一刷発行
二〇一一年十月十日　第七刷発行

発行人　稲垣伸寿
発行所　株式会社　小学館
〒一〇一-八〇〇一
東京都千代田区一ツ橋二-三-一
電話　編集〇三-三二三〇-五六一七
販売〇三-五二八一-三五五五
印刷所――――大日本印刷株式会社


ISBN4-09-408072-4